Natalie Buchholz

Grandpapa

Roman

PENGUIN VERLAG

Die Arbeit an diesem Roman wurde gefördert
durch die Bayerische Akademie des Schreibens,
das Ludwig-Harig-Stipendium
und das Münchner Arbeitsstipendium.
Die Autorin dankt für die Unterstützung.

FSC
www.fsc.org
MIX
Papier | Fördert
gute Waldnutzung
FSC® C014889

Penguin Random House Verlagsgruppe FSC® N001967

PENGUIN VERLAG

1. Auflage

Neumarkter Str. 28, 81673 München
Umschlaggestaltung: Marion Blomeyer/Lowlypaper, München
Umschlagabbildung: © »Lost in Thought« by David Storey
Satz: satz-bau Leingärtner, Nabburg
Druck und Bindung: Friedrich Pustet GmbH & Co. KG, Regensburg
Printed in Germany
ISBN 978-3-328-60217-0
www.penguin-verlag.de

»Was wissen wir von unseren Eltern? Nicht viel.
Und von unseren Großeltern? Noch viel weniger.«

Julien Green

Je les ai lues, Grand-papa

Im schmalen Trinkglas spitzen die Kerne von Grand-papas Mirabellen zur Wasseroberfläche, als zeigten sie an, wohin sie wollen. Kleine Blasen haben sich an ihren Rändern gebildet, Kronen aus Perlen der Luft. Ich nehme die Kerne heraus, braun und runzlig, manche ein wenig glitschig auch. Ich trage sie in den Garten meiner Eltern, und die Morgensonne schickt ihre schwachen Strahlen in meine Richtung.

Noch ein paar Schritte, dann stehe ich an der Stelle, an der früher der Teich mit den Goldfischen gewesen ist. Ich erinnere mich, wie ich einmal an einem schläfrigen Wintertag an ihn herangetreten bin und sich vor meinen Augen das Bild leuchtorangener Tupfen im gefrorenen Wasser auftat. Hübsch sah das aus. Und so stark in seinem Kontrast. Die Fische schienen in ihrer Schwimmbewegung von der Kälte überrascht worden zu sein. Ich konnte den Moment sehen, in dem ihr Leben festgehalten wurde, mitten im Fluss. Das machte ihren Tod für mich erträglich, zu etwas Besonderem auch. Jahre später kam der Teich weg. Die Enkelkinder könnten hineinfallen und ertrinken, das wollten meine Eltern nicht verantworten. Also wurde die Grube zugeschüttet – und der Klee wuchs.

Jetzt knie ich am Boden. Leicht dringt die Gartenschaufel in den dunklen Grund, in den ich behutsam einen Mirabellenkern nach dem anderen lege und wieder mit Erde bedecke. Ich bleibe noch eine Weile davor stehen, senke den Kopf, feucht ist die Luft. Während meine Gedanken an meinen Großvater zu Boden fallen, erhebt ein Hausrotschwanz sein raspelndes Gezwitscher von seiner Singwarte im Tulpenbaum aus. Der Tag beginnt.

1

DER FUND

Herbst 2021: Ich bin mit meinen Kindern zu Besuch bei meinen Eltern in ihrem Haus am Münchner Stadtrand. Mein Vater ist irgendwo mit meinem Sohn unterwegs. Meine Tochter will lieber bei mir und meiner Mutter bleiben. Sie spielt, wo sie am liebsten spielt: im Treppenaufgang, der einmal als Wintergarten gedacht war. Das viele Glas spricht dafür. Auch der Ausblick auf die Fliederhecke, den Magnolienbusch und auf den groß gewachsenen Tulpenbaum, dessen letzte goldgelbe Blätter sich in das träge Grau des Tages brennen.

Dass es der Treppenaufgang dennoch nie zum Wintergarten geschafft hat, liegt an seiner Temperatur: im Sommer heiß wie ein tropisches Gewächshaus, im Winter so kalt, dass er als Kühlkammer genutzt wird. Pflanzen beherbergt der Aufgang jedenfalls keine. Dafür jede Menge Selbstgetöpfertes und diverses Strandgut, das irgendjemand aus der Familie irgendwann einmal von irgendeinem Urlaub mitgebracht und dort abgeladen hat. Dieser Raum bietet sich dafür an. Er ist ein Zwischenort, an dem niemand lange bleibt und der trotzdem oft betreten wird, um vom Elternbereich im Untergeschoss in den früheren Kinderbereich im Obergeschoss zu gelangen.

Meine Tochter fühlt sich wohl zwischen den Geschossen. Hier kann sie immer etwas Neues entdecken. Sie muss nur eines der Figürchen oder Müschelchen oder Steinchen aus einem der Töpfchen heben, schon kommt darunter ein neues Figürchen oder Müschelchen oder Steinchen hervor, das in diesem Museum der Vergangenheiten in Vergessenheit geraten ist.

Ich liege auf dem Sofa im Wohnzimmer und genieße die Ruhe, bis sie mir verdächtig vorkommt. Ich stehe auf, um nach meiner Tochter zu sehen. Sie sitzt zufrieden auf dem Boden und hat ein bordeauxrotes Behältnis zwischen ihre Beine geklemmt. Ein kleiner, silberner Deckel liegt neben ihr wie ein Kreisel. Ich beobachte, wie sie voller Neugier in das Gefäß langt, von dem ich mich frage, was es ist. Es ist keine Vase, aber auch kein Blumentopf, scheint irgendetwas dazwischen zu sein. Als meine Tochter die Hand wieder hervorzieht, betrachtet sie kurz ihre Finger, dann schleckt sie sie ab. Ich renne sofort zu ihr, weil ich fürchte, Fischfutter oder pulverisierter Teichschlammentferner könnte gerade auf ihrer Zunge zergehen. So etwas lagerte früher einmal im Treppenaufgang. Ich greife nach ihrer Hand, schaue sie mir an, rieche auch an ihr. Doch da ist nichts. Ich freue mich über das Nichts, denn Nichts bedeutet nichts Giftiges, keine Gefahr. Erleichtert nehme ich das Behältnis hoch, dünnwandig und aus Metall. Die Öffnung ist klein. Ich blicke in ein dunkles Loch, dann drehe ich das Gefäß um. Staub rieselt zu Boden, so fein und so wenig, dass er sich auf dem kurzen Weg bis zu den Fliesen in Luft aufzulösen scheint. Ich hebe auch noch den Deckel auf, der offensichtlich zum Behältnis gehört, und lese, was darauf graviert steht.

Anatole Frey
11 novembre 1918–13 mai 2004

Sofort sind meine Finger im Mund meiner Tochter. Ich fahre über ihre Zunge, als könnte ich tatsächlich noch etwas von der Asche meines Großvaters entfernen. Ich weiß, dass es sinnlos ist, das zu tun, weil die Asche – oder soll ich sagen *er*? – schon in ihrem Speichel aufgegangen sein muss und sie ihn hinuntergeschluckt hat. Trotzdem wische ich ihren Mund weiter aus. Sie sträubt sich nicht. Im Gegenteil. Sie macht mit. Sie spürt meine Aufregung, ihre Augen groß und fragend. »Alles in Ordnung«, flüstere ich und gebe ihr einen Kuss. Dann klemme ich sie mir wie eine Zweijährige auf die rechte Hüfte. Die Urne trage ich links. Ich mache mich auf die Suche nach meiner Mutter. Ich will wissen, was die Urne ihres Vaters hier verloren hat und wo seine restliche Asche ist. Und überhaupt: Wie kann es sein, dass meine Mutter, die nie ein gutes Verhältnis zu ihrem Vater hatte und keine Träne vergoss, als er starb (das sagte sie mir einmal) – wie kann es sein, dass ausgerechnet sie seine Urne behielt, wenn auch leer? Und wieso weiß ich davon nichts?

Meine Mutter schneidet in der Küche Äpfel zu Schnitzen. Ich stelle die Urne vor ihr ab und meine Tochter auf den Boden.

»Was ist los?«, fragt sie.

»Das ist los«, sage ich und klopfe auf die Urne. »Deine Enkelin hat davon genascht.«

Meine Mutter runzelt die Stirn, nimmt das Gesicht meiner Tochter zwischen ihre Hände, lächelt. »Schmeckt staubig, oder?«

Meine Tochter nickt.

»Nicht schlimm«, sagt meine Mutter und hält ihr ein Stück Apfel hin. »War sowieso nichts mehr drin«.

»Wieso eigentlich?«, frage ich.

»Weil wir seine Asche im Wald verstreut haben, in der Nähe von Ammerschwihr. Mein Vater hat es so gewollt.«

»Warum war ich nicht dabei?«

Sie nimmt das Messer in die Hand, teilt einen weiteren Apfel in zwei Hälften. »Er wollte leise gehen«, sagt sie. »Ohne eine richtige Beerdigung. Mir war das recht. Ich brauche keinen Ort zum Trauern, das weißt du. Und jetzt stell das Ding weg, ich habe sonst nicht genug Platz für das Obst.«

2

ANGSTWOLKE

Ich muss gestehen: Mein Großvater war mir nie wichtig. Genauso, wie ich ihm nie wichtig war – dachte ich zumindest, lange Zeit. Er starb, als ich siebenundzwanzig Jahre alt wurde. Dennoch kannte ich ihn kaum. Das heißt, ich kannte ihn schon. Immerhin fuhren wir meine gesamte Kindheit und Jugend über in den Pfingstferien nach Frankreich, um ihn und meine Grand-mi zu besuchen, wenn auch nur kurz. Aber wir entwickelten keine Beziehung zueinander. Zu viel stand dem entgegen. Er war der gefürchtete Vater meiner Mutter, über den ich viele Geschichten hörte, nur keine guten. Vor allem war er der Grund für die dicke, dunkle Wolke, die sich jedes Mal über ihrem Kopf zusammenbraute, wenn er zugegen oder wenn von ihm auch nur die Rede war. Diese Wolke nahm meiner Mutter das Licht. Und damit auch mir. Das gefiel mir nicht. Ich wollte, dass meine Mutter glücklich ist, so wie jedes Kind möchte, dass seine Mutter glücklich ist, um selbst glücklich zu sein.

Als Kind hatte ich Angst vor Grand-papa.

Es gibt ein Foto von dieser Angst. Da sitzt mein Großvater im Wohnzimmersessel meiner Eltern und hat seine langen Beine übereinandergeschlagen. Auf seinen Knien liegt das Fotoalbum, das meine Eltern mit Aufnahmen von meinen ersten Lebensjahren gefüllt haben. Ich stehe in Latzhose und Nickipullover hinter dem Sessel, schaue Grandpapa über die Schulter und in das Album hinein. Die Finger habe ich im Mund. Man könnte meinen, so ängstlich, wie ich gucke, mit beinahe schmerzverzerrtem Blick, und dazu an meinen Nägeln kaue, obwohl ich nie Nägel gekaut habe, müssten die Fotos in meinem Album Schreckliches zeigen. Was sie aber nicht tun. Da sind nur mein älterer Bruder zu sehen, den ich vergötterte, ich vergöttere ihn bis heute, und ich: Geburt, Geburtstagsfeiern, Kindergarten, Fasching und so weiter. Doch in meinem fünfjährigen Kindergesicht kann ich keine Freude über die festgehaltenen Momente meines Lebens ablesen, sondern das Unbehagen, das meine Mutter plagte, weil ihr Vater da war. Dieses Unbehagen hat sie an mich weitergegeben. Oder ich habe es von ihr übernommen. Oder beides zusammen. Auf dem Foto jedenfalls ist es ganz deutlich zu sehen. Es hat sich in meine Augen gesetzt wie ein fremdes Wesen. Und schaut aus mir heraus.

3

DAS BLAUE BUCH

Am nächsten Morgen bin ich früh auf, wie üblich, seit die Kinder auf der Welt sind. Über Nacht hat es unerwartet geschneit. Ich schaue aus dem Fenster und in den Garten. Die Äste der einzäunenden Sträucher und des Tulpenbaums tragen Hauben. Doch es ist kein Schnee, der lange liegen bleiben wird. Für ein paar Stunden aber wird sich die Schneestille mit der Hausstille decken, denn ich bin allein. Meine Eltern haben die Kinder mit zum Einkaufen genommen, damit ich die Zeit sinnvoll nutzen kann, wie sie sagen. Es ist ein Angebot, das sie mir so oft es geht machen. Ich frage mich, wofür ich die Zeit sinnvoll nutzen könnte. Schon lange weiß ich nicht mehr, wie das geht. Zeit zu haben überfordert mich. Ich kann mehr mit ihr anfangen, wenn ich keine habe. Dann funktioniere ich. Mit Zeit funktioniere ich nicht. Mit Zeit bin ich haltlos.

Im Haus ist es hell. Das liegt am vielen Glas der bodentiefen Fenster. Aber auch am Schnee. Beides kalt. Beides schön.

Ich mache mir einen Kaffee. Ich mag es, wenn die Tasse meine Hand wärmt, bevor ich trinken kann.

Im Wohnzimmer bleibe ich vor dem Bücherregal stehen, das die gesamte Wand einnimmt. Dort habe ich am

Nachmittag zuvor Grand-papas Urne hineingestellt. Es kam mir falsch vor, sie wieder zurück in den Treppenaufgang zu tragen. Unwürdig auch.

Das Behältnis macht sich gut im Regal. Es schmiegt sich ein, ist kein Fremdkörper. Es hat die gleiche Farbe wie die lackierten Bretter und könnte auch ein Pokal für eine vollbrachte Leistung sein.

Als Kind habe ich oft Stunden vor diesem Regal verbracht. Damals gab es einen Lesesessel, bespannt mit einer Art Nylonstoff, der lange Zeit einen unangenehm künstlichen Geruch verströmte. Trotzdem zog es mich immer wieder zu ihm hin. Einfach weil ich es liebte, vor einer Wand zu sitzen, die aus von Menschen geschaffenen Welten bestand. Ich musste nur zugreifen, um in eine von ihnen abzutauchen.

Meistens nahm ich eines der deutschen Bücher rechts im Regal heraus, selten eines der französischen auf der linken Seite. Meine Mutter hatte diese Einteilung vorgenommen, und ich hatte ihr dabei geholfen.

Seit Jahren habe ich die Trennung der Bücher in beide Sprachen nicht mehr wahrgenommen. Ungefähr so, wie ich den französischen Akzent meiner Mutter nicht mehr höre, ihn nie gehört habe. Ich werde nur dann auf ihn aufmerksam, wenn mich jemand auf ihn anspricht und fragt, ob meine Mutter zufällig Französin sei.

Ja. Zufällig. Diese Ungenauigkeit trifft es genau.

Irgendwo in diesem Regal, das weiß ich, befinden sich Grand-papas Memoiren. Ich war gerade fünfzehn geworden, als er mir *mein* Exemplar übergab. Aber damals war mir das, was er über sein Leben zu sagen hatte, egal. Außerdem traute ich mir so viele Seiten auf Französisch nicht zu.

Vielleicht wäre mir sein Leben auch für immer egal geblieben, wenn meine Mutter seine Urne nicht aufbewahrt und meine Tochter sie nicht gefunden hätte. Die Tatsache allerdings, dass meiner Mutter wohl doch irgendetwas an ihrem Vater liegen muss (so meine Interpretation), verändert viel für mich. Denn bis heute habe ich ihren emotionalen Abstand zu ihm als den für mich vorgegebenen eingehalten. Ich habe die Linie, die sich wie eine Grenze durch unsere Familie zieht, nicht übertreten, um meine Mutter nicht zu verletzen. Oft genug, das wusste ich aus ihren Erzählungen, war sie schon von ihm verletzt worden, und nicht erst, seit sie achtundzwanzig Jahre nach Ende des Zweiten Weltkriegs meinen Vater geheiratet hatte – einen Deutschen, den Feind, wie mein Großvater ihr vorwarf.

Der erste Schluck Kaffee tut gut. Ich trinke und suche – und entdecke passenderweise genau an der Stelle im Regal, an der Frankreich auf Deutschland trifft, den Namen meines Großvaters.

Anatole Frey, Mémoires d'un septuagénaire. Goldene Buchstaben, ein schmaler, königsblauer Band. Ich fahre mit dem Finger über den Buchdeckel der *Memoiren eines Siebzigjährigen*, schließe die Augen, spüre der Struktur des Stoffs nach und der Prägung der Lettern. Etwas Feines hatte sich mein Großvater da ausgesucht, Gold und Leinen, für zweihundertzweiundfünfzig Seiten Leben. Zweihundertzweiundfünfzig Seiten Erinnerungen. Zweihundertzweiundfünfzig Seiten, auf denen er erzählen wollte, wer er ist.

Ich blättere auf die erste Seite. *An Natalie Geneviève* steht da in akkurat geschwungener Schrift, schwarze Tinte. Und darunter:

Ich hoffe, daß du sie eines Tages lesen kannst und auch lesen wirst, diese Mémoires. Später, wenn es einmal in dir und um dich ruhiger geworden ist!

Dein Grand-papa,
Juni 1991

»In dir und um dich ruhiger«, sage ich laut und wundere mich, dass er mir die Widmung ausgerechnet auf Deutsch schrieb, der Sprache, die ihm so verhasst war. Es kommt mir vor, als wollte er sichergehen, dass ich auch verstehe, was er mir sagen will.

Ich habe keine Ahnung, welche Unruhe er damals meinte und wie er auf die Idee kam zu glauben, es könnte in mir und um mich unruhig sein. Wir sahen uns zu selten für eine solche Behauptung. Und wenn wir uns sahen, dann redeten wir kaum miteinander. Wieso also richtete er diese Zeilen an mich? Dachte er in dem Moment vielleicht an seine eigene Unruhe als Jugendlicher? Ich selbst war wahrscheinlich so unruhig wie viele Fünfzehnjährige. Mehr aber als unruhig war ich verdruckst, versteckte mich hinter meinen Haaren, Vorhang zu.

Ich habe auch keine Ahnung, ob es je ruhig in mir und um mich werden wird, ob das überhaupt geht im Leben.

4

KÄLTE

Über meinen Großvater schreiben heißt, über einen Verschlossenen schreiben – und über einen Unbekannten. Mir sind keine Situationen in Erinnerung, in denen ich mich ihm gegenüber unbefangen gefühlt habe. Kein Besuch, kein Telefonat, keine Grußkarte brachten uns einander näher. Und wenn über ihn geredet wurde, dann waren es eben Erzählungen, die seine Kühle und Strenge unterstrichen und seine angebliche Unfähigkeit zu lieben oder Empathie zu zeigen. Eine dieser vielen Erzählungen steht mir bis heute so klar vor Augen, als wäre ich selbst dabei gewesen, ja, als wäre ich selbst meine Mutter gewesen. Ich sah, was sie sah. Ich hörte, was sie hörte. Ich zitterte, als sie zitterte. Ich ekelte mich, wie sie sich geekelt hatte.

Ich halte ihre kleine Hand, als sie mit ihrem Vater an einem heißen Maitag im Jahr 1954 durch den Parc Salvator in Mulhouse spaziert. Sie trägt ein knallgelbes Kleid, das in seiner Strahlkraft mit der Sonne konkurriert und immer sonntags aus dem Schrank geholt wird. Ihre Schuhe glänzen und machen ein klackerndes Geräusch auf dem Asphalt, was mir gefällt. So kann ich jeden ihrer Schritte hören und mir sicher sein, dass es sie gibt. Auch meine Mutter mag, wie die Steine auf den Wegen im Park unter ihren glatten

Sohlen knirschen. Trotzdem wünscht sie sich nach Hause, Tür zu. Grund sind die Maikäfer, die in diesem Jahr die reinste Plage sind. Fürchterliche Angst hat sie vor diesen Insekten, die aussehen wie fette Datteln mit Flügeln und Fühlern und Widerhaken an den Beinen, und ich verstehe das. Auch mir graut es vor dem Anblick, wenn sich die Luft wegen ihnen bräunt.

Mein Großvater geht uns voraus. Er steuert auf die Wiese mit den Kastanienbäumen zu, zwischen denen die Käfer besonders gerne fliegen. Meine Mutter bleibt stehen, fleht ihn an, einen anderen Weg einzuschlagen, bitte, bitte, doch er hebt nur streng den Zeigefinger, zeigt vor sich auf den Boden, hierher sollen wir kommen, mitten unter die Tiere, die er mit der anderen Hand aus seinem Gesicht fegt. *Ils ne font rien! – Die machen doch nichts!* Er duldet keine Widerrede, kein Theater, wir haben zu gehorchen. Also versteckt meine Mutter ihr Gesicht hinter beiden Handflächen und blinzelt zwischen den Fingern hindurch, um zu sehen, wohin sie ihre glänzenden Schuhe setzt. Ich mache es ihr nach. Das Kitzeln meiner Wimpern auf der Haut ist jedes Mal ein kleiner Schock, es könnten die Beinchen der Käfer sein oder deren fächerartige Fühler. Ich kneife wie meine Mutter den Mund zusammen, halte die Luft an, damit bloß keiner hineinfliegt. Als wir fast auf seiner Höhe sind, verfangen sich zwei der Tiere in ihrem Haar. Meine Mutter schreit auf, schüttelt sich wie von Strom berührt, bittet ihn unter Tränen, sie von den Käfern zu befreien. Doch mein Großvater steht nur da und lacht uns aus, *ils ne font rien!*

5

SPURENSUCHE

Eingeklebt auf der zweiten Seite der Mémoires ist eine Schwarz-Weiß-Fotografie. Ein Profi hat sie aufgenommen, in einem Studio. Die Porträtaufnahme sieht aus wie mit Pastellkreide gemalt, weiche Konturen, die zu den Rändern hin ausfransen, leicht rauchig. Der Hintergrund ist von einem hellen Grau, während sich dunklere, schraffierte Schatten um das Konterfei des jungen Mannes abzeichnen, der mein Großvater ist, noch bevor er es war.

Ich streiche mit dem Finger über sein ovales Gesicht, die buschigen Augenbrauen, die gerade Nase, den geschlossenen Mund, schaue ihm tief in die Augen. Kurz habe ich die absurde Idee, mein Großvater könnte das spüren. Ich glaube eine Veränderung in seinem Blick zu erkennen, so als würden Gedanken hinter seiner hohen Stirn vorbeiziehen oder als würde er mir etwas sagen wollen.

Ich frage mich, wie alt mein Großvater auf dem Foto ist. Er sieht aus wie Anfang dreißig, doch wahrscheinlicher ist, dass sein zwanzigster Geburtstag zum Zeitpunkt der Aufnahme noch nicht allzu lang hinter ihm lag. Schon oft habe ich die Beobachtung gemacht, dass Menschen auf Fotografien von früher älter wirken, als sie es tatsächlich waren.

Ich lege meine rechte Hand auf seine Stirn, verdecke seine

nach hinten gekämmten Haare und den geraden Haaransatz. Ohne diese akkurate Frisur wirkt er sofort jünger, und ich beschließe, dass er auf dem Foto nicht älter als einundzwanzig Jahre alt ist.

Ich lege auch noch meine linke Hand unter sein Kinn, sodass weder Hemd, Krawatte noch Sakko zu sehen sind, nur die Wangen, das Kinn mit dem Grübchen und die Augen, die sich in ihrer stechenden Klarheit von den weichen, pastelligen Konturen abheben.

Das Gesicht, in das ich nun blicke, könnte eines von heute sein. Ich könnte es beim Italiener um die Ecke sehen, an der Kasse im Supermarkt, in der U-Bahn, am Kiosk im Park. Es könnte zu einem der jungen Väter mit Käppi gehören, die ihre Töchter und Söhne vom Kindergarten abholen und eine Menge Kraft in den tätowierten Oberarmen haben.

Einundzwanzig. Erwachsen, ja, und doch nah dran an dem Kind, das er wenige Jahre zuvor noch gewesen war. Ich rechne. Es muss also 1939 gewesen sein, als mein Großvater zum Fotografen ging. Für wen war dieses Porträt gedacht? Und wofür? Pass? Bewerbung? Geschenk? Wo wurde es aufgenommen? Was dachte mein Großvater, als er in die Kamera schaute? Hoffentlich ist der Fotograf das Geld wert? Ich möchte gut aussehen? Wer weiß, vielleicht ist es das letzte Foto von mir und wird auch mein Sterbebild sein? Schließlich brach gerade der Zweite Weltkrieg aus, und die Folgen des Ersten Weltkriegs, der am Tag seiner Geburt geendet hatte, waren noch lange nicht überwunden.

Ich blättere vor in seinen Mémoires, orientiere mich an den vielen Daten, die auf jeder Seite zu finden sind, dafür kaum ein Wort darüber, wie es ihm in dieser Zeit erging, was seine Gedanken waren, seine Hoffnungen, seine Träume. Der Ton ist überwiegend sachlich, was mich nicht überrascht. Grand-papa gehörte einer Generation an, in der nicht viel Aufhebens um Gefühle gemacht wurde. Man zeigte sie nicht, redete auch nicht über sie. Ganz anders als heutzutage, wo das Artikulieren der eigenen Gefühle einen hohen Stellenwert in der Gesellschaft hat.

Mit Gefühlen kann ich nicht, soll er auch einmal zu meiner Mutter gesagt haben, als sie ihn darum bat, in einem Streit zu vermitteln.

Ich frage mich, ob mein Großvater etwas dagegen hätte, dass ich seine nüchternen Fakten mit meinen Fantasien mische, weil ich nicht anders kann, als ihm, der mir etwas hinterlassen wollte, was Bedeutung für mich habe, ein Leben anzudichten, von dem ich wünschte, er hätte davon erzählt.

Und so halte ich beim 29. November 1939 inne, dem Tag, an dem er zum französischen Militär einberufen wurde. Ich folge ihm nach Poitiers, einer Kleinstadt im Westen des Landes im Département Vienne, wo er zum Offizier der Artillerie ausgebildet werden soll. Von seiner Unterkunft am höchsten Punkt der Stadt nahe der Bronzestatue Notre-Dame des Dunes sehe ich ihn die vielen Treppen in die Altstadt hinabsteigen, um seine Wäsche zum Waschen zu bringen. Oft nimmt er zwei Treppenstufen auf einmal. Er schreitet in die Stadt. Er fühlt den Aufbruch in sich, seine Entschlossenheit. Er kann etwas erreichen, etwas werden, ein guter tapferer Soldat sein. An der Ecke, unweit der Laverie, entdeckt er das Schild eines Fotografen. Er fährt sich durchs Haar, vielleicht denkt er, da gehe ich später hin, wenn ich fertig bin, jetzt muss ich los zur Übungsanlage, es eilt.

Er ist schlank und groß und sportlich und froh, eine Aufgabe zu haben, die ihm sinnhaft erscheint. Auch ist er stolz, genau an dem Ort militärisch ausgebildet zu werden, an dem Karl Martell im Jahr 732 die muslimischen Araber auf ihrem Vormarsch nach Gallien stoppte.

Auf dem Feld lernt er mit einer Canon de 75 das Schießen. Ich habe keine Ahnung, was eine Canon de 75 ist. Ich stelle mir darunter ein Gewehr vor und finde heraus, dass es sich dabei um ein leichtes französisches Feldgeschütz handelt, das sowohl im Ersten als auch zu Beginn des Zweiten Weltkriegs in Einsatz kam und im Vergleich zu früheren Waffen dieses Kalibers dank eines Schnellfeuerverschlusses leicht zu bedienen war.

Ich sehe mir Bilder der Canon de 75 an, auch Videos. Ein leichtes Feldgeschütz, denke ich, während ich das Monstrum von Waffe betrachte mit seinem langen Rohr, den großen Rädern und dem heftigen Rückstoß. Damit hat er also das Schießen gelernt. Auch das Töten?

Mein Großvater hebt eine Sprenggranate hoch, steckt sie in die Öffnung, verschließt sie wieder. Es geht viel leichter, als er gedacht hat. Das Feuer entzündet einer seiner Kameraden. Sie arbeiten zusammen, zu ihrem eigenen Schutz und weil das Nachladen und Abfeuern so schneller geht. Er mag seine Ausbildung. Abwechslungsreich ist sie und fordernd. Erst ist er auf dem Feld, dann übt er Morsezeichen, dann heißt es weiter aufs Pferd. Ihm wird ein schwarzes zugeteilt, ein richtiger *pur-sang*. Ich staune, wie energisch dieser junge Mann ist, den ich später, als seine Enkelin, als steif und befangen erlebe, wie er seine Muskeln anspannt, um sich im Sattel des Vollblüters zu halten. Der Wind zerstört seine Frisur. Er hatte sie extra mit etwas Zuckerwasser festgemacht. Süßer Schweiß läuft über seine Stirn. Ich spüre seiner Energie in der Textpassage nach, kann das rasche Klappern seiner Finger auf der Tastatur der Schreibmaschine hören, als er Jahrzehnte später seine Mémoires verfasst, das Klingelgeräusch, das sie macht, wenn er in die nächste Zeile wechselt wie im Rausch.

Voilà du vrai sport, notiert er, richtiger Sport.

»Von wegen, du kannst das rasche Klappern seiner Finger auf der Tastatur hören«, sagt meine Mutter. »Nicht mein Vater hat die Mémoires getippt. Es war deine Grand-mi. Sie konnte wahnsinnig schnell tippen, sogar Steno. Das solltest du korrigieren.«

6

IRRTUM

Ich dachte immer, Grand-papa sei Elsässer gewesen. Colmar war die Stadt, in die wir fuhren, um ihn und meine Grand-mi zu besuchen.

Ich kann mich nicht erinnern, je in ihrem Haus in der Rue de Katzenthal übernachtet zu haben. Aber ich erinnere mich an den Mirabellenbaum in ihrem Garten und wie mein Großvater mir einmal die kleinen reifen, orangegelben Früchte von dem Baum pflückte.

Ich erinnere mich auch, wie die Kerne später in meiner Hosentasche gegen meine Beine drückten und ich es kaum erwarten konnte abzufahren, um sie bei uns daheim in München einzupflanzen, damit wir auch so schöne Früchte bekämen. Vor allem aber, damit sich endlich die dicke, dunkle Wolke über meiner Mutter verzog.

Mein Großvater kam jedoch in Lothringen zur Welt, in Kapellenhof. Es ist das erste Mal, dass ich davon erfahre.

Ich gebe den Namen des Weilers in meinen Laptop ein. *Sieben Grad Celsius, stark bewölkt* wird mir angezeigt. Nicht viel anders als hier, denke ich und sehe mir die Landkarte auf meinem Bildschirm genauer an. Viel Grün, kaum besiedelt. Ein paar Straßen, nur eine davon hat einen Namen, Rue de Petit Réderching. Ich könnte die Häuser links und rechts der Straße zählen, so wenige sind es, lasse es aber sein. Stattdessen klicke ich auf Street View und befinde mich nun im Juni 2019, dem Sommer, in dem die Satellitenbilder aufgenommen wurden. Ein heißer Tag. Das viele Grün der Landkarte entpixelt sich zu Feldern, Wiesen, Wäldern. Keine Wolke steht am Himmel, es scheint windstill zu sein.

Kurz schließe ich die Augen, höre Insekten brummen, rieche den Wald, lausche den Geräuschen meiner Vorstellung, während die Wintersonne durch das Fenster auf meinen Schreibtisch und in mein Gesicht scheint.

Dann begebe ich mich in die Rue de Petit Réderching, auf der ich mit jedem weiteren Klick ein paar Meter vorwärtskomme. Armchair Travelling in eine fremde Vergangenheit, denke ich, und wie scheinbar einfach es ist, mehr als hundert Jahre nach der Geburt meines Großvaters von meinem Schreibtisch aus seine Herkunft zu erkunden.

Die Straße steigt an, dann das Ortsschild, fast hätte ich es übersehen. Dahinter, erst auf der rechten, dann auf der linken Seite, ein paar Häuser aufgereiht. Vielleicht lebte er in diesem Haus, vielleicht aber auch in dem angrenzenden. Es könnte jedes sein.

Ich durchquere den Weiler in westlicher Richtung, bis ich das letzte Gebäude hinter mir gelassen habe, drehe schließlich um. Auf dem Rückweg sehe ich mir nun jedes Haus genauer an. Vor einem Gebäude, das sich kurz vor dem Ortsausgang befindet, bleibe ich länger stehen, weil es die gleichen nach unten gewölbten Fenstergitter hat wie das Haus meiner Großeltern in der Rue de Katzenthal. Es ist ein banales Detail, doch eines, das mir bekannt vorkommt.

An irgendetwas muss man sich ja festhalten. Und warum nicht am Banalen? Wer weiß, vielleicht hatte mein Großvater diese Fenstergitter für sein erstes eigenes Zuhause ausgesucht, weil sie ihn an sein Elternhaus erinnerten? Oder waren diese Gitter einfach nur typisch für eine gewisse Zeit?

Ich rufe meine Mutter an, frage nach, obwohl ich keine Antwort von ihr erwarte. Es gefällt ihr nicht, dass ich Grand-papas Mémoires lese und Fragen habe. Noch weniger gefällt ihr, dass ich mich auf seine Spuren begebe. Sie versteht nicht, weshalb ich mich ausgerechnet für das Leben ihres Vaters interessiere, der sich ihrer Meinung nach nie für sie interessiert hat und auch nicht für uns. Sie will nichts wissen. Auch nichts vom Banalen. Trotzdem frage ich sie, wie das Haus ausgesehen hat, in dem Grand-papa geboren wurde. Ich spüre ihr Achselzucken durchs Telefon hindurch. Ich erkläre ihr Street View, überzeuge sie, mir für einen Moment zu folgen. Am Ende siegt ihre Neugierde. Sie klickt sich ebenfalls in die Rue de Petit Réderching und führt mich endlich zu dem Haus, in dem mein Großvater seine Kindheit verbrachte und meine Mutter gelegentlich die Ferien. Es ist tatsächlich das Haus mit den gewölbten Fenstergittern.

Ha!, sage ich und schaue zu dem Porträt meines Großvaters auf, das ich in der Zwischenzeit abfotografiert und im Drogeriemarkt aus dem Automaten gelassen habe. Es hängt nun an der Wand über meinem Schreibtisch, auf Augenhöhe.

»Übrigens«, sagt meine Mutter, »habe ich die Mirabellenkerne damals in deinen Hosentaschen gefunden. Du hattest sie vergessen. Als ich sie dir brachte, hast du sie genommen und weggeworfen. Das solltest du vielleicht der Vollständigkeit halber erwähnen.«

7

HERKUNFT 1

Das Haus sieht gepflegt aus. Es ist renoviert worden. Dort, wo die gewölbten Fenstergitter sind, war früher der Stall für die Ziegen gewesen, rechts daneben der für die Kühe. Um in den Kuhstall zu gelangen, musste ein großes schweres Tor zur Seite gerollt werden, sonnenverbrannt sein Holz. Über den Ställen befand sich die Scheune. Dort lagerte das Heu, dessen süßliche Würze bis in den Wohnbereich hineinduftete und sich mit dem sauren Stallgeruch vermengte. Die Küche war über ein paar wenige Stufen an der Seite des Hauses zu erreichen. Sie grenzte an die gute Stube, in der immer ein paar Fliegen um die Lampe über dem Esstisch kreisten.

Das Schlafzimmer meiner Urgroßeltern Joseph und Gersande lag direkt über dem Kuhstall mit Blick auf die Straße. Sie konnten hören, wenn sich die Tiere in den Ställen bewegten und mit den Ketten an den Haltegestängen rüttelten. Eine niedrige Tür trennte ihr Schlafzimmer von der Kammer meines Großvaters. Sie war der kleinste Raum, aber der ruhigste. Durch sein Fenster konnte er auf die vielen Mirabellenbäume hinter dem Haus und auf die Felder blicken, Anatole war ihr einziges Kind.

Auf die Toilette ging es nach draußen, in das Nebenhäuschen. Es ist ebenfalls renoviert worden und scheint bewohnt zu sein. Die Tür steht offen und gewährt trotzdem keinen Blick ins Innere, zu dunkel. Früher war dort der Waschraum gewesen mit Bottichen aus Holz und Zinn, Waschbrettern und mehreren Leinen, die von der einen zur anderen Seite des Raumes gespannt waren. Es roch nach Seifenlauge, frisch und sauber.

Neben dem Waschraum führte ein schmaler Gang bis zu einer Tür mit Ausschnitt. Sah man hindurch, blickte man direkt auf ein Plumpsklo, das nichts weiter war als eine hölzerne Kiste mit einem ausgeschnittenen Loch, auf das ein Deckel passte, ebenfalls aus Holz und mit einem eisernen Griff zum Anheben. In das Holz hatte mein Großvater ein fingernageltiefes Kreuz geritzt. Damit wollte er den Teufel fernhalten, der sich in menschlicher Gestalt zeige, aber immer mit einem klappernden Ziegenfuß und gern an stillen, verdeckten Orten.

Das jedenfalls hatte ihm der Pfarrer Krummacker erzählt, und der musste es ja wissen, obwohl er meinem Großvater nie eine Antwort darauf geben wollte, ob das Stelzenbein, das sein Vater tagsüber trug, in Wahrheit kein Ziegenfuß war. Dünn genug dafür schien es Anatole zu sein, auffällig schlackerte ein Hosenbein. Und Ziegen hielten sie auch im Stall. Deswegen stand Anatole jetzt nachts oft an seinem Kammerfenster und wartete darauf, dass sein Vater aufs Klo ging. Vielleicht konnte er dann endlich einen Blick auf dessen Beinstumpf ergattern. Denn der Stumpf würde ihm Hoffnung geben. Wenn er den sehen würde, wüsste er, dass sein Vater nicht der Teufel ist, und das würde ihn erleichtern, sehr.

Einmal ist es so weit: Anatoles Vater Joseph steht auf der obersten Stufe vor dem Wohnhaus und will hinüber ins Nebenhaus. Es ist Nacht, ein sternenloser Himmel, schneidende Kälte, und der Mond zeigt sich nicht. Der Boden ist gefroren, die Steinstufen glatt. Die Lampe über der Eingangstür gibt nicht viel Licht ab. Josephs Blase hält nicht mehr so viel aus wie früher. Er glaubt, es liege an diesen Träumen, diesen Blitzen im Kopf, die ihn nicht schlafen lassen. Aber sicher ist er sich nicht. Er weiß nur, dass er seither nachts öfter raus muss. Es ist mühsam für ihn, sich aus dem Bett zu hieven und das Holzbein anzulegen. Das Leder, mit dem der Stumpf fixiert wird, ist hart, vor allem im Winter. Es schabt an der Haut, juckt an den weicheren Stellen, die noch keine Hornhaut gebildet haben. Auch sind die Riemen bei Kälte starrer und schlechter zu schließen. Also greift Joseph zu den Krücken, ebenfalls aus Holz und mit einem Steg, den er unter die Achseln klemmt. Er bemüht sich, so leise wie möglich mit ihnen aus dem Schlafzimmer zu humpeln, damit Gersande nicht aufwacht, und auch nicht sein Sohn.

Endlich vor der Haustür tastet er sich langsam die Stufen hinab. Er muss aufpassen, dass er nicht ausrutscht. Die Krücken haben zwar einen Gummiknauf an ihrem Ende, doch die sind fast abgerieben, und das Holz der Stelzen klackert auf dem Boden, mehr als ihm lieb ist. Seit sechs Jahren hat er nun kein Bein mehr und doch das Gefühl, dass es noch da ist. Oft schmerzt es wie an dem Tag, an dem ihn die Granate traf, unzählige Splitter. Phantomschmerzen – die Ärzte in Strasbourg, die ihm das Bein amputierten, hatten ihn davor gewarnt. Die meisten wie er, ohne Bein oder Arm, würden sie kennen und verfluchen.

Nachts ist das Geräusch der Krücken am Boden besonders laut. Anatole lauscht, wohin sein Vater geht. Ob es nur, wie meistens, die Küche ist, wo er sich einen Tee aus den getrockneten Baldrianwurzeln macht, die im Frühherbst aus dem Garten gegraben werden, oder ob er das Haus tatsächlich verlässt. Er drückt die Nase an der Fensterscheibe platt, wartet. Als schließlich die Leuchte am Nebenhaus angeht, zuckt er zusammen. Es ist zwar nur eine Funzel, die seinen Vater in einen gelben Lichtkreis taucht, aber Anatole sieht alles, was er sehen will: den Stumpf, ohne die ihn verdeckende Hose; nackte, weiße Haut, die im Kontrast zur Schwärze der Nacht besonders zu leuchten scheint.

»Das mit dem Holzbein ist schon richtig so«, sagt meine Mutter, »aber es wurde ihm viel später amputiert, zwei Jahre nach dem Krieg, also dem Zweiten, davor hat es ihm nur ständig wehgetan. Der kleine Anatole kann gar keinen Stumpf gesehen haben. Außerdem ging nachts niemand ins Nebenhäuschen, das müsstest du ebenfalls ausbessern. Man machte in einen Nachttopf, der am nächsten Morgen auf dem Misthaufen ausgeleert wurde. Je größer der Misthaufen, umso wohlhabender der Bauer. Deswegen war der direkt vor dem Haus, nicht dahinter oder daneben, was besser gewesen wäre, dann hätte es in den Zimmern nicht so nach Dung gestunken. Eigentlich war die Rue de Petit Réderching, die damals noch keinen Namen hatte, eine Straße voller Mist.«

8

CHARLES LAGARDE

Hier also, am 11. November 1918, am Tag des Waffenstillstands zwischen dem Deutschen Reich, Frankreich und Großbritannien, begann das Leben meines Großvaters. Der Erste Weltkrieg war vorbei, und mein Großvater notiert, von den dreizehn Kindern, die seit Ende des Deutsch-Französischen Kriegs 1871 im Ort Kapellenhof geboren worden waren, sei er wieder das erste französische gewesen. Nur vierundzwanzig Jahre später, zwei Jahre, nachdem Elsass-Lothringen von den Nationalsozialisten dem Großdeutschen Reich angegliedert worden war, erhielt er zwangsweise die deutsche Staatsbürgerschaft, um drei Jahre später wieder Franzose zu sein.

Es gibt einen im Elsass und in Lothringen einigermaßen bekannten Witz, den meine Grand-mi gern erzählte, und der das fragile Verhältnis von Nationalität und Identität beleuchtet:

1871, nachdem deutsche Truppen das Elsass erobert hatten, wird der achtzehnjährige Charles Lagarde zu Karl Wache. Die Deutschen befanden, das sei leichter auszusprechen.

1918, Karl Wache ist inzwischen fünfundsechzig, der Erste Weltkrieg ist passé, Elsass und Lothringen gehören wieder zu Frankreich, da übersetzen die Franzosen Karl Waches Namen, wie es einst die Deutschen getan hatten, aber diesmal phonetisch: Aus Herrn Wache wird Monsieur Vache.

Als die Deutschen 1940 Frankreich besetzen und besessen sind von der Zwangsgermanisierung der Region, wird aus Monsieur Vache, inzwischen siebenundachtzig Jahre alt, Herr Kuh.

Mit zweiundneunzig Jahren erlebt Herr Kuh das Fest der Befreiung. Elsass und Lothringen werden nun endgültig Frankreich zugeschrieben, und der Mann, der einst als Charles Lagarde geboren wurde, stirbt ein paar Tage später als Monsieur Cul, was in deutscher Übersetzung die vulgäre Ausdrucksweise des Hinterns ist. Oder anders gesagt: Charles Lagarde verließ die Welt als Gearschter.

Wie fühlt es sich an, immer wieder die Nationalität wechseln zu müssen, über Generationen hinweg? Wie verhalten sich Nationalität und Identität und Sprache zueinander? Die Sprache meines Großvaters mit seinen Eltern war lothringisches Déitsch. Mit dem Französischen kam er erst in Kontakt, als er zur Schule ging. Es wird die Sprache werden, mit der er sich später identifizierte, ausschließlich.

Warum aber redete er als erwachsener Mann mit seinen Eltern nie wieder in ihrer Mundart, seiner Muttersprache? Warum brachte er sie nicht seinen Kindern bei? Und warum sind sich in meiner Familie alle einig, dass mein Großvater französischer gewesen ist als jeder Franzose? Und was soll das überhaupt heißen?

9

HERKUNFT 2

Anatole.

Mein Großvater schreibt, er habe seine Eltern nie gefragt, weshalb sie ihm ausgerechnet diesen Namen gegeben haben, der zu jener Zeit selten und ungewöhnlich war. Aber er vermutet, seine Eltern hätten sich bei der Namenswahl von den russischen Kriegsgefangenen inspirieren lassen, die damals im Ort lebten.

Es irritiert mich, dass ausgerechnet mein diskreter Großvater in seinen Lebenserinnerungen derart durchschaubar über die vermeintliche Herkunft seines Vornamens spekulierte. Und es fällt mir schwer zu glauben, er habe tatsächlich angenommen, die bloße Anwesenheit russischer Kriegsgefangener könnte der Grund für die Wahl seines Vornamens gewesen sein. Oder denke ich das nur, weil ich schon weiß, was kommt? Immerhin hatte meine Mutter mir schon einmal davon erzählt. Aber damals, es war an Weihnachten, und ich war vielleicht sieben, acht oder neun Jahre alt, hatte die vermeintliche Abstammung meines Großvaters keine Bedeutung für mich.

Bedeutung hingegen hatten die beiden Geschenke, die ich bekam: ein beerenrotes Winterkleid mit Exerzierkragen, in dem ich mir vorkam wie Annemarie Braun aus Else Urys

Roman *Nesthäkchen* (ich war ein großer Fan von ihr), und eine Schallplatte von Gilbert Bécaud. Die Schallplatte bekam ich wegen des Songs *Nathalie.* Am Anfang befürchtete ich, mit der Musikauswahl meiner Eltern nichts anfangen zu können. Ich war zu jung, als dass mir der Mann auf dem Cover mit seinen grau melierten Koteletten nicht uralt erschienen wäre – und damit uninteressant.

Ich hörte lieber *Der Karpatenhund* von den Drei Fragezeichen und *Der Zinker* von Edgar Wallace. Ich mochte Detektivgeschichten, vor allem, dass am Ende immer alles gut wurde. Mit Musik konnte ich noch nicht viel anfangen. Das kam erst später, als ich mit meinem älteren Bruder begann, Kassetten an den oberen Ecken mit Tesafilm abzukleben, um Songs aus dem Radio aufzunehmen, die wir gut fanden.

Dieser onkelige Herr mit dem intensiven Blick auf dem Cover machte jedenfalls keinen Eindruck auf mich. Die Schallplatte hörte ich dennoch an – vor allem mein Lied, die Nummer sieben auf der Seite A.

Ich weiß noch, wie verblüfft ich war, dass es mir gefiel, und wie wohlig es sich anfühlte, wenn die warme Stimme Bécauds meinen Namen sang, der im Song selbst als schön bezeichnet wird, auch das tat gut. Mir gefiel vor allem die Stelle *La neige faisait ta ta pis*, was Bécaud in Wirklichkeit gar nicht singt, sondern *La neige faisait un tapis – Der Schnee bildete einen Teppich.* Aber damals verstand ich die Liedzeile nicht richtig, und trotzdem ergab das, was ich hörte, einen poetischen Sinn für mich: Die Schneeflocken tanzten. Bei *ta* fiel die Flocke, beim zweiten *ta* hob sie wieder ab, bei *pis* segelte sie für immer zu Boden und verschmolz mit allen anderen, die bereits gefallen waren.

Ich hatte keine Ahnung von der Bedeutung des Lieds, vom Kalten Krieg, von der Oktoberrevolution, über die der französische Tourist und die russische Fremdenführerin nachdenken, wusste nichts von Lenin. Dafür blieb mir anderes im Gedächtnis: die heiße Schokolade, die sie im Café Puschkin trinken und auf die ich sofort Lust bekam. Und ich fand es schade, dass die Nathalie, die Gilbert Bécaud besingt, blond war und ein H im Namen hatte, das meine Eltern für überflüssig hielten, da es schon zwei H in meinem Nachnamen gab. Als das Mädchen, das ich damals war, wäre es mir lieber gewesen, Bécaud hätte von einer Frau geschwärmt, die mir ähnlicher war.

Es ist lange her, dass ich die Schallplatte aufgelegt habe. Doch jetzt, da ich mich daran erinnere, brauche ich das Knistern in den Lautsprechern und das Kribbeln zwischen den Fingern, wenn ich den Tonarm genau bis zu der großen Rille führe, die das Lied *Mademoiselle Lise* aus dem Jahr 1966 von *Nathalie* von 1964 trennt. Ich mag das Gefühl, das in mir hochsteigt, wenn die ersten Töne erklingen, im langsamen Rhythmus noch, doch ich weiß, er wird sich ändern, ich fühle ihn voraus. Ich muss lächeln, als der Rote Platz weiß wird und sich Bécaud der *Ta-ta-pis*-Stelle nähert, die ich Jahrzehnte später noch genauso höre wie damals in meinem Kinderzimmer vor dem Regal mit meiner Kompaktanlage. Es wird sich wohl niemals ändern, einmal verhört, immer verhört. Ich lausche, ich beame mich mit all meinen Sinnen zurück in den Winter, als ich im beerenroten Kleid versuchte, den Text auswendig zu lernen. Es war mühsam, immer wieder den Tonarm hochzuheben, den angesammelten Staub von der Nadel zu pusten und den Tonarm dann ein- bis zwei Rillen zurückzuführen, um die letzte Strophe erneut zu hören und nachzusprechen, aber mit der Zeit hatte ich Übung darin.

»Habt ihr mir deswegen meinen Namen gegeben?«, fragte ich meine Mutter, als sie mein Kinderzimmer betrat, um nach mir zu sehen. »Ja«, antwortete sie. »Hörst du die Balalaikas? Die Akkordeons?« Ich nickte. Und dann sagte sie es: »Du hast übrigens nicht nur französisches Blut in dir, sondern auch russisches. Dein Grand-papa hatte wahrscheinlich einen Russen zum Vater.« Ich schaute sie an. Ich sagte nichts. Ich wusste nicht, was ich mit dieser Information anfangen sollte.

Was ich damals nicht sah und mir erst jetzt bewusst wird, ist das Verquere, das mit diesem Plattengeschenk einherging: Während meine Mutter das französische Chanson über eine russische Namensvetterin dafür nutzte, mir die mögliche Abstammung ihres Vaters zu verraten, scheiterte ich an dem Wunsch, mich mit jener besungenen Nathalie zu identifizieren. Nicht etwa, weil sie Russin war, sondern weil ich in dem H in ihrem Namen jenen Hinweis auf eine *Vollblutfranzösin* (ein Begriff meines Großvaters, glaube ich) gesehen hatte, die ich nicht war, aber sein wollte, und weil es mir nicht gelang, den Songtext so zu verstehen, wie ich ihn mit einer französischen Mutter und qua meiner Geburt in Frankreich eigentlich hätte verstehen müssen.

In Gedanken gehe ich noch einmal die Rue de Petit Réderching entlang. Es sind nicht viele Häuser links und rechts der einzigen Straße des Weilers, und ich vermute, um 1918 waren es noch weniger. Höfe, Ställe, Tiere, Äcker, Felder, Obstbäume – eine ländliche Gegend, hier lebten überwiegend Bauern, es waren arme Leute, gewohnt, hart mit ihren Händen zu arbeiten. Während des Ersten Weltkriegs mussten Kriegsgefangene auf den Höfen aushelfen, um die an der Front gefallenen Männer zu ersetzen, oder sie wurden in die Bergwerke und Minen der Umgebung geschickt.

In der Deutschen Digitalen Bibliothek sehe ich mir Fotos von russischen Kriegsgefangenen aus den Jahren 1914 bis 1918 im Gebiet der Vogesen an, überwiegend gibt es welche aus dem Betonwerk Schirmeck im Elsass, das etwa hundert Kilometer von Kapellenhof entfernt liegt. Aber auch von der Heuernte auf einem Hof finde ich eines. Ich sehe mir die jungen Männer mit ihren Schirmmützen an. Einige lächeln in die Kamera, andere rauchen Pfeife. Manche sind jung, fast noch Kinder.

Wo waren sie untergekommen? Bei den Tieren in den Ställen? Lernte mein Großvater später, als kleiner Junge noch, die gefangenen Männer kennen, von denen ich jetzt ein Bild vor Augen habe mit ihren Schnauzbärten und ihrer dunklen, einheitlichen Arbeitskleidung? Aß sein Namensvetter bei ihnen zu Abend? Schwang er etwa die Sense auf dem Feld zusammen mit meiner Urgroßmutter?

10

BEWEISSTÜCK

Mein Großvater stellt in seinen Mémoires klar, er habe keinerlei Ähnlichkeit mit seinem Vater gehabt. Ein einfacher Mensch sei der gewesen, *un rustique*, das habe man ihm angesehen. Er stammte aus einer Pflüger- und Handwerkerfamilie, die seit Generationen entweder Mauern gebaut oder Felder umgegraben hatte. *D'une autre essence* hingegen sei seine fromme Mutter gewesen, die ihre gesamte Jugend bei einer reichen Familie als Dienstmädchen verbracht und deren Bücher gelesen habe. Von ihr habe er nicht nur sein elegantes Aussehen geerbt, seine *finesse*, sondern auch seinen Sinn für das Geistige und die Liebe zur Literatur.

Meine Eltern haben ein Foto im Wohnzimmer hängen, das meine Urgroßeltern gemeinsam mit meinem Großvater als jungen Mann zeigt. Das Foto bestätigt seine Worte. Alle drei stehen sie da vor einer Hauswand, mein Großvater in der Mitte, links von ihm sein Vater, rechts von ihm seine Mutter. Mein Urgroßvater Joseph ist klein und gedrungen, ein Mann, von dem man auf dem ersten Blick sagen würde, er sei einer, der sich viel draußen aufhält. Ich überlege, woran ich das festmache, und möchte schreiben, dass es an seiner ledrig wirkenden Haut liegt. Aber die Aufnahme ist nicht scharf genug, als dass sich diese Behauptung rechtfertigen ließe. Es liegt wohl eher an der Krawatte, die schief sitzt, und an dem unförmigen Sakko, das die Arbeitskleidung eines Schornsteinfegers sein könnte und nicht annähernd so elegant wirkt wie das meines Großvaters. Vielleicht liegt es aber auch nur schlicht an meinem Wissen darum, dass mein Urgroßvater Joseph mit einer Handvoll Erde mehr anfangen konnte als mit einem Stift zwischen den Fingern.

Wenn ich genau hinsehe, kann ich sein Stelzenbein unter seiner dunklen Hose erahnen, stämmig rechts, dünn links. Obgleich Joseph sich zurechtgemacht hat, sieht alles an ihm unbeholfen und ärmlich aus. Nicht nur die Kleidung, auch das grobe Gesicht mit der knolligen Nase und den auffallend großen Ohren, zwischen denen sein breites Lächeln eine Brücke schlägt.

Meine Urgroßmutter Gersande hingegen ist eine lange Schlanke, fast einen Kopf größer als ihr Mann. Auch ihre Kleidung ist nichts Besonderes. Trotzdem könnte sie eine aus der Stadt sein, gepflegt wie sie wirkt. Noch ein bisschen Schmuck am Hals und an den Ohren, und sie gäbe eine feine Dame ab, die ein paar Angestellten ihre Dienste zuweist.

Ich habe keine Ahnung, wie es ihr gelingt, dass man ihr ihre bäuerliche Herkunft nicht ansieht. Vielleicht würden die Hände mehr von ihrer Arbeit auf dem Feld, im Stall und im Haus verraten, doch sie hat sie hinter dem Rücken versteckt. Wahrscheinlich wusste sie nicht, wohin mit ihnen, jetzt, da sie keinen Besen hielt, keine Kartoffel schälte, keine Zitze umfasste.

Sie war es nicht gewohnt, fotografiert zu werden. Das letzte Foto war auf ihrer Hochzeit gemacht worden. Also verschränkte sie die Hände hinter dem Rücken, und der Fotograf (wer das wohl war?), sagte, sehr gut, und nun so bleiben und ein Lächeln bitte. Sie deutete eines an, und ihr Mund, ein leicht nach oben gebogener schmaler Strich, deckt sich mit dem meines Großvaters. Die Ähnlichkeit ihrer Mimik ist frappierend. Wenn ich eine Folie über das Bild legen und das Lächeln meiner Urgroßmutter Gersande nachzeichnen würde, wenn ich dann die Folie hochnähme und das Nachgezeichnete auf den Mund meines Großvaters legte, könnte ich diese Dopplung belegen. Genauso könnte ich es mit der hohen Stirn machen, den kleinen, angelegten Ohren, den ausgeprägten Wangenknochen, dem leicht kantigen Kinn, der langen, feinen Nase.

Am Tag von Anatoles Geburt regnet es. Seit einer Woche schon. Eine feuchte Kälte liegt in der Luft, dringt bis in die Knochen. Klamm ist es im Haus, obwohl der Ofen geschürt ist.

Gersande fühlt sich nicht wohl. Normalerweise ignoriert sie ihr Befinden, die Tiere müssen gemolken werden, da gibt es kein Entkommen. Doch am Morgen des 11. November 1918 ist es anders. Sie spürt, sie wird die Arbeit nicht durchstehen. Schwarz vor Augen wird ihr, als sie sich aus dem Bett stemmen will – der Kreislauf, der Blutdruck, der schwere Bauch, in dem das Kind drückt.

Noch ist es dunkel draußen. Wie im Sarg, pflegt Anatolij, der russische Kriegsgefangene, zu sagen, der ihr seit einiger Zeit unter die Arme greift. Er ist ein guter und fleißiger junger Mann, der viel von seinem Land erzählt und davon, was er in Zukunft machen will, Sprachen studieren und Lehrer werden, dann, wenn er wieder zu Hause in Petrograd sein wird.

Gersande hält sich mit der einen Hand den Bauch, mit der anderen zieht sie sich ein Jäckchen über, flach ihr Atem, die erste Wehe lässt sie aufschreien mit einer Stimme, die ihr fremd ist.

Da hört sie ihren Namen: »Gersange!« Anatolij setzt immer ein »g« anstelle eines »d«. Sie mag den ungewohnten Klang.

Bevor sie ihm antworten kann, steht er schon im Schlafzimmer. Er weiß, Joseph ist nicht da, sondern in Strasbourg wegen seines Beins, das ab muss, so geht es nicht weiter, das Fleisch hat zu eitern begonnen, ist dunkel geworden, Gangrän. Was hat es gestunken!

Anatolij ahnt sofort, dass es so weit ist. Er wird zur Nachbarin gehen müssen, damit diese ins nächstgelegene Dorf Hottviller eilt, der Hebamme Bescheid zu geben. Ihm selbst ist es verboten, sich außerhalb des Stalls oder des Feldes frei zu bewegen. »Mach dir keine Gedanken«, sagt er, »heute werde ich mich alleine um den Hof kümmern.«

Gersande nickt und denkt an den Tag zurück, an dem die Kuh gekalbt und sie Anatolij gewollt hat, dringend, denn es hieß, die Russen dürften bald heim, und was sollte sie dann tun, um endlich ein Kind zu kriegen? Eines, das ihr bleibt, sie war schon recht alt im Vergleich zu ihren Nachbarinnen, deren Buben schon fleißig mithalfen beim Füttern der Tiere. Und dann hat da auch was in der Luft gelegen wie das Knistern von Stroh, wenn man darüberläuft. Es ist die liebevolle Art gewesen, mit der sich Anatolij um das Kalb kümmerte, das gerade zum ersten Mal versuchte, auf seinen wackeligen Beinen zu stehen. Gersande hat Anatolijs Bereitschaft gesehen, etwas von sich zu geben. Auch seinen Stolz erkannte sie, und dann war da diese Aufregung, die sich bis zu ihren Fingerspitzen ausbreitete. Sie hob den Rock ein wenig hoch, es war gar nicht viel. »Schnell!«, sagte sie, als er es wahrnahm, »dass niemand uns sieht.«

Bis zum Nachmittag dauert es, die Wehen nehmen kein Ende. Erst, als es schon wieder dunkel ist, hält Gersande den Säugling im Arm. »Anatole«, sagt sie zu ihm. »So sollst du heißen.«

Die Hebamme weiß, warum. Alle im Dorf, auch Joseph, wissen, warum das Kind so heißt. Sechsmal war es schiefgegangen, das siebte Mal hat es nun geklappt. Es war klar, dass sich Gersande irgendwann einmal behelfen würde. Denn eine Bäuerin ohne Sohn ist wie ein Stall ohne Tiere, fromm hin oder her. Das ist das Gesetz der Dörfer. Aber darüber spricht man nicht. Auch das wiederum ist Gesetz.

»Es schneite wahnsinnig, als mein Vater geboren wurde«, sagt meine Mutter. »Das musst du ändern. Und der russische Gefangene war ein gestandener Mann, ein Lehrer, kein Student. Auch das musst du ändern. Und die Mutter meines Vaters las tatsächlich gerne. Mein Vater hat oft erwähnt, dass er den Zugang zur Literatur über sie hatte. Vielleicht mochte sie einfach Anatole France. Immerhin war der damals ein ganz Großer. Vielleicht war dieser Schriftsteller die Inspiration für seinen Vornamen und nicht ein russischer Kriegsgefangener. Aber verfolge nur weiter deine Spur, inzwischen interessiert sie mich!«

11

NACHTWACHE

Es ist drei Uhr morgens, ich kann nicht schlafen. Also lese ich, was ich am Tag geschrieben habe. Ich bezeichne es als mein Pensum, obwohl es keines gibt. Aber es klingt, als hätte ich etwas abgeschlossen, was niemals abgeschlossen werden kann. Und das hilft.

Eine ziemlich romantische Vorstellung ging mir da durch den Kopf, denke ich. Eine Bäuerin, ein Stall mit Kalb, ein junger Mann, der sich um meine Urgroßmutter Gersande kümmert, während mein Urgroßvater Joseph erst für sein Land gekämpft hat und dann im Hôpital um sein Bein. Andererseits hätte meine Urgroßmutter Gersande ihrem Kind doch niemals einen russisch inspirierten Namen gegeben, wenn sie sich nicht mit den Kriegsgefangenen – oder zumindest mit einem von ihnen – verstanden hätte. Es muss doch einen guten und schönen Grund dafür gegeben haben. Ich will daran glauben, auch jetzt, da ich mir der sepiafarbenen Verklärung meiner Zeilen bewusst werde.

In welcher Sprache haben sie sich unterhalten? Zu jenem Zeitpunkt beherrschte meine Urgroßmutter Gersande nur das Lothringer Déitsch. Konnte Anatolij also Deutsch? Oder redeten sie gar nicht miteinander, sondern verständigten sich mit Handzeichen und Kopfnicken? Oder war es gar so, dass Gersande von dem russischen Kriegsgefangenen Französisch lernte? Immerhin galt Französisch in Russland lange Zeit als Sprache des Adels und der oberen Schichten. Wer weiß, vielleicht brachte ein Russe ihr die Sprache bei, die sie nach Ende des Ersten Weltkriegs reden musste.

12

WÜNSCHE

Ich wollte immer einen Großvater haben, könnte ich behaupten, in dessen Gegenwart ich jene Wärme spürte, die aufkam, wenn meine Mutter von ihrem Großvater mütterlicherseits erzählte, dem lieben, Kupferlampen schmiedenden Pépère. Doch das wäre gelogen. Obwohl ich weiß, dass Pépère für meine Mutter alles war, *un trésor*, das betonte sie gern, wünschte ich mir als Kind nicht automatisch, auch einen Großvater zu haben, der mir etwas bedeutete. Mir fehlte auch keine Großmutter wie die gute, winterwarme Socken strickende Mémère meiner Mutter, die mit mir Kuchen backte oder mich in den Arm nahm, wenn ich traurig war. Ich kannte keine warme, herzliche Großelternbeziehung und vermisste sie daher auch nicht. Glaube ich. Aber mir fehlte eine Mutter, die gerne in ihre Heimat fuhr, weil *ich* gerne in ihre Heimat fuhr, die auch meine hätte sein können, wenn wir dort nach meiner Geburt geblieben wären.

Oft stellte ich mir vor, in Frankreich aufzuwachsen und dort zur Schule zu gehen. Dann wären meine Großeltern vielleicht zufriedener mit uns gewesen, weil wir nicht in Deutschland lebten, dem Land, in dem es immer kälter sei als diesseits des Rheins. Ich wollte auch, dass meine Mutter ihren Eltern voller Stolz jeden kindgewachsenen Zentimeter präsentierte; und ich wollte, dass meine Mutter weinte, wenn wir wieder in unseren himmelblauen Kleinbus stiegen, weil sie nicht wegwollte aus dem Nest, dem sie entflogen war, um ein eigenes zu bauen, hoch oben, in einem entlegenen Wipfel. Was ich nicht wollte: Unter dem langen Esstisch meiner Großeltern auf den Flickenteppich schauen und auf die Fransen, die meine Mutter als Kind zur Strafe für etwas, an das sie sich nicht erinnerte, flechten musste. Jeden einzelnen Büschel.

13

ZERSCHLAGENE MÄDCHENTRÄUME

Irgendwo habe ich einmal gelesen, wenn man die Geschichte seiner Eltern nicht kenne, kenne man sich selbst nicht. Ich meine, die Geschichte meiner Eltern zu kennen, zumindest so, dass ich das Wesentliche, also was sie geprägt und zu dem gemacht hat, das sie heute sind, in groben Zügen nachzeichnen kann. Ich habe keine Zweifel daran, dass das, was ich weiß, auch stimmt. Ich habe deshalb keine Zweifel daran, weil dem Wesentlichen ihrer Kurzbiografie etwas Universelles anhaftet, etwas, das auf viele ihrer Generation zutrifft.

Mein Vater wurde 1944 als zwölftes Kind eines Bauern und einer Bäuerin zwischen Kartoffeläckern, Silos und Kuhställen im Kinzigtal geboren. Pfarrer hätte er werden sollen, das hatte die Dorfgemeinde beschlossen. Sie legten Geld zusammen, um das Internat zu bezahlen, das meinen Vater aus dem tiefsten Schwarzwald bis nach München brachte, wo er lieber Jura studierte und in den Semesterferien mit einer Schweizer Flagge an seinem Rucksack (nach dem Krieg der beste Trick, um mitgenommen zu werden) durch die Vereinigten Staaten trampte, als ein Leben im Zölibat zu führen. Er heiratete meine Mutter, gründete eine sechsköpfige Familie, die er mit Bescheidenheit (seiner ärmlichbäuerlichen Herkunft wegen) und mit patriarchaler-autoritärer Strenge (ebenfalls wegen seiner bäuerlichen Herkunft) regierte. Zumindest in der Zeit, in der er zu Hause war und nicht im Büro, wo er sich meistens aufhielt.

Meine Mutter kam vier Jahre nach Kriegsende zur Welt. Als ihr Vater sie zum ersten Mal in den Händen hielt, war er *très déçu*. Einen Sohn hatte er sich gewünscht, kein Mädchen. Das kann ja nichts werden im Leben, außer später einmal Mutter sein. Und das auch noch unter einem anderen Namen. Ein Mädchen war kein Stammhalter. Ein Sohn schon. Der konnte auch studieren, als Spion arbeiten oder als Pilot, Offizier oder Arzt. Einem Sohn konnte man etwas beibringen, das fruchtet. Außerdem war der Kopf meiner Mutter *malheureusement déformée*, zu arg in die Länge gezogen vom Gebären. Ganze acht Tage – in den Mémoires eine ganze Seite – dauerte es, bis meine Mutter dann doch *un beau bébé* wurde, immerhin.

In der Schule war sie Klassenbeste. Sie strebte ein sehr gutes Abitur an, um später einmal Ärztin zu werden, was ihr Vater für Verschwendung hielt. Also musste sie von der Schule abgehen und eine Ausbildung beginnen, wenigstens die durfte sie sich aussuchen. Später verhalf sie als Hebamme zig Müttern, ihre Kinder in Strasbourg zur Welt zu bringen, bis sie meinen Vater kennenlernte und selbst Kinder zur Welt brachte, sodass sie am Ende genau jene Rolle erfüllte, die ihr Vater für sie vorgesehen hatte: Ehefrau und Mutter zu sein.

Einmal, als meine Mutter sieben Jahre alt war, saß sie mit ihrem jüngeren Bruder im Kinderzimmer und langweilte sich. Brav waren sie und leise, um ihren Vater nicht zu stören. Sein Mittagsschlaf war heilig, so wurde es gesagt, *sacro-saint*.

Wenn meine Mutter mir davon erzählte, sah ich meinen Großvater immer wie von weit oben im Bett liegen, die Decke bis unters Kinn gezogen, das Gesicht angestrengt, als wollte er sich in den Schlaf zwingen, der nicht kam. Ich sah auch das Zimmer meiner Mutter und meines Onkels vor mir, und wie meine Mutter aufstand und zu ihrem Bruder sagte, sie wolle Verkleiden spielen und er solle ihre Puppe sein. Viel gab es sonst nicht zu tun in dem Zimmer mit nur ein paar Bauklötzen, zu wenige, um daraus einen richtigen Turm zu bauen. Meine Mutter öffnete den Kleiderschrank und suchte ihrem Bruder ein Kleid von sich aus, das Schöne mit den vielen Rüschen am Saum, das sie an ihrem Geburtstag getragen hatte. Es war ihm zu groß, reichte bis zum Boden, aber das war nicht wichtig. Dafür sah es prächtig aus, wie das einer Königin. Auch die Söckchen vergaß sie nicht. Sie hatten die gleichen Rüschen am Bund wie das Kleid am Saum. Alles passte perfekt zusammen. Meine Mutter band ihrem Bruder noch Schleifen ins Haar. Danach war sie stolz darauf, was sie erreicht hatte. Hübsch sah ihr Bruder aus, fand sie. Wie ein richtiges Mädchen. Sie ließ ihn sich im Kreis drehen, damit das Kleid eine Glocke bildete, klatschte vor Freude in die Hände, aber nicht zu laut, der Vater schlief ja noch.

Als die Standuhr im Wohnzimmer endlich schlug und damit das Signal gab, dass sie sich wieder aus ihrem Zimmer hinausbewegen durften, nahm meine Mutter ihren Bruder an die Hand und zog ihn hinter sich her zum Vater.

Sie wollte ihm unbedingt vorführen, welche Verwandlung ihr gelungen war. Ihr Vater antwortete mit einer saftigen Ohrfeige, die lange als Handabdruck auf ihrer Haut sichtbar blieb. Meine Mutter verstand damals nicht, weshalb ihr Vater heftig reagierte, so wie ich als Kind nicht verstand, weshalb meine Mutter mir diese Geschichte, die ich nicht hören wollte, Abend für Abend erzählte, während sie an meinem Bettrand saß und mit ihren Fingern meine Haare kämmte.

»Das Leben ist nicht immer der Traum, den deine Fantasie mancher Tage dir gesponnen hat«, sagt meine Mutter. »Diesen Satz hat mein Vater gern gesagt. Deshalb schlug er mir eine Friseurlehre vor, das spare Geld für die Familie, auch später, wenn ich dann allen umsonst die Spitzen schneiden könne.«

14

LEICHTE WELLEN

Ich schiebe die kleine Wanne, in der ich vor ein paar Jahren noch meine Kinder gebadet habe, unter den Schreibtisch. Etwas lauwarmes Wasser schwappt über, bildet einen kleinen See. Ich wische es auf, kremple die Hosenbeine hoch, setze mich auf meinen Stuhl und tauche die Füße ein. Dann sehe ich zu Grand-papas Porträt auf. Wieder einmal habe ich die absurde Idee, er könnte das spüren. Wieder einmal glaube ich, eine Veränderung in seinem Blick zu erkennen, so als sei er kurz davor, mir zuzuzwinkern, fast wie damals, als er mich in seinem Arbeitszimmer erwischte, in das ich mich heimlich geschlichen hatte, weg von meinen Eltern, Geschwistern und den Großeltern, die im Wohnzimmer Kaffee tranken (die Erwachsenen) und in Wasser aufgelöste Marmelade (wir Kinder).

Ich sehe die dunklen Regale mit den vielen Büchern vor mir. Und den auffallenden Messingrahmen an der mit heraldischen Lilien tapezierten Wand. Darin das Bild eines alten Mannes mit buschigem weißen Schnauzer und Tropenhut, der Rücken leicht gerundet, die Hände im Schoß, neben ihm eine Arzttasche und ein Turm aus Koffern und Kisten.

Im Arbeitszimmer meines Großvaters roch es stark nach Leder. Ich war mir sicher, dieser eigentümliche Geruch käme aus diesem Bild, und schnupperte daran. Da spürte ich ein Klopfen auf meiner Schulter, drehte mich um und starrte in Grand-papas schönes Gesicht. Sofort fühlte ich mich wie beim Klauen ertappt und trat einen Schritt von ihm weg. Doch mein Großvater lächelte nur sanft und zwinkerte mir zu, wie man jemandem zuzwinkert, dem man sagen möchte, das bleibt unter uns. Er tippte auf das Leder-Duft-Foto und sagte, dieser Mann da habe seine Füße beim Schreiben immer in lauwarmem Wasser gebadet. Das habe er von ihm übernommen. Dann wies er auf eine olivgrüne Schüssel unter seinem Schreibtisch. Er sagte noch viel mehr über den alten Mann auf dem Bild. Doch ich merkte mir nur dessen Namen, Albert Schweitzer, und die Wanne mit dem lauwarmen Wasser. Vor allem die.

Von da an tat ich es ihnen nach, meinem Großvater und Albert Schweitzer. Meine Hausaufgaben erledigte ich künftig, während die Haut um meine Zehen weich wurde – bis meine Mutter mir das mit der Wanne verbot.

Ich stellte mir vor, dass ich so besser rechnen und schöner schreiben könne und auch keine Fehler mehr mache. Ich stellte mir auch vor, dass ich irgendwann einmal für meine Arbeiten verehrt würde, so wie Albert Schweitzer von meinem Großvater verehrt worden war – im Übrigen nicht ungewöhnlich für die damalige Zeit. Der nahe Colmar gebürtige Elsässer galt als Vorbild für viele Menschen nach dem Krieg. Gerade die Deutschen hatten mit dem im fernen Afrika praktizierenden Arzt, der für die Ehrfurcht vor dem Leben stand, eine gute Vaterfigur und eine neue Moralinstanz gefunden, die es ihnen möglich machte, von sich selbst und ihrer deutschen Schuld abzulenken. So gesehen war Schweitzer die Erzählung, die das große Schweigen der Nachkriegsgeneration übertünchte. Er war die Antwort auf die Fragen, die nicht gestellt wurden, noch nicht. Für meinen Großvater war Schweitzer zwar kein Vorzeige-Deutscher, dafür ein Vorzeige-Elsässer. Aber mit der gleichen Funktion wie für die Deutschen.

Und in der Tat, die Füße in der Wanne bewirkten eine Veränderung. Meine Schulnoten wurden von Woche zu Woche besser. Die Wanne unter meinen Schreibtisch zu schieben entwickelte sich zu einem Ritual, das mir half, an mich zu glauben.

Vielleicht dachte ich auch daran, wie stolz mein Großvater wäre, wenn er davon wüsste. Vielleicht bekam er es sogar mit in seinem Haus in der Rue de Katzenthal, weil das Wasser in seiner Schüssel leichte Wellen schlug, sobald ich meine Füße ins Wasser meiner Schüssel tat. Vielleicht.

»Zwei Jahre«, sagt meine Mutter, »hat mein Vater an seinen Mémoires geschrieben. Zwei Jahre lang haben seine Füße Tag für Tag im Wasser gebadet, im Sommer in kaltem, im Winter in warmem. Und dir habe ich die Wanne unter dem Schreibtisch nur verboten, weil es jedes Mal eine Überschwemmung in deinem Zimmer gab. Das musst du bitte ändern!«

15

DIE FATALE BIRNE

Ich habe noch Grand-papas Stimme im Ohr. Leise war sie. Er war kein Mann der lauten Worte.

Was ich nicht wusste: Seine schwache Stimme hatte mit einem Unfall zu tun, den er zu einer Zeit erlitt, als er noch Toto gerufen wurde und mit Steinschleudern auf Frösche im trüben Schwalbbach schoss oder Soldat spielte – wie alle Kinder damals.

Toto ist sechs Jahre alt und liebt es, Wespen in ihren Nestern mit einem dünnen, langen Stock zu ärgern. Mit seinen Freunden trifft er sich regelmäßig auf der Pferdekoppel am Ausgang des Nachbarweilers Kleinmühle. Denn dort geht das besonders gut.

Die Birnbäume sind voller reifer Früchte. Die Luft riecht süß, und Toto bekommt große Lust, in eine der saftigen Birnen zu beißen. Sie würde seinen Durst stillen, es ist ein klebrig heißer Tag. Also steigt er auf den Baumstumpf einer Tanne, der sich als Absprunghilfe zwischen zwei Birnbäumen befindet. Da fliegt ihm eine Wespe ins Gesicht. Er schlägt sie weg, sie macht kehrt, ihr lautes Brummen eine Warnung.

Toto kennt das Spiel, gleich wird sie ihn wieder attackieren.

Aber nicht mit ihm! Schnell schwingt er sich auf zum nächstbesten Ast, bloß weg hier. Doch weil seine Hände schwitzen und der Satz in die Luft nicht kraftvoll genug ist und die weiße Sonne ihn blendet, rutschen seine Hände ab. Rücklings fällt er auf den schlecht abgesägten Wurzelstock, rammt sich einen säbelartigen Spitz in die linke Pobacke. Sein Schrei scheucht die Pferde auf. Wie aus der Ferne hört er ihr Hufgetrappel und ihr Schnaufen, während das Blut seine kurzen Hosen rot und der Schmerz seinen Blick schwarz färbt.

An den langen Nachhauseweg, den Toto irgendwie humpelnd hinter sich gebracht haben muss, kann er sich nicht erinnern. Nur an die Strafpredigten seiner Mutter, die nicht enden wollen, und das beißende Brennen, sobald der Alkohol in die Wunde eindringt.

Das Fieber kommt Tage später, da hat sich alles längst entzündet. Gersande setzt ihren Sohn in einen Leiterwagen, stopft ihm ein Kissen in den Rücken und zieht ihn ins sieben Kilometer entfernte Rohrbach-lès-Bitche. Dort gibt es einen Doktor, der ihrem Buben vielleicht helfen kann. Irgendetwas muss sie tun, Toto sieht aus, als sei er sich fremd, und seine Stirn wird immer heißer, es ist ernst.

Der Doktor weiß sofort, dass er nicht helfen kann. Der Junge muss ins Krankenhaus nach Strasbourg, sonst wird er sterben, da ist er sich sicher. Also braucht es den Milchmann. Der fährt jeden Tag mit den vielen Kannen von Weiler zu Weiler, von Dorf zu Dorf und schließlich in die Stadt. Der Milchmann soll ihn mitnehmen, gleich morgen, sie haben keine Zeit zu verlieren.

Erst wird die Milch aufgeladen, dann Toto. Die gesamte

Fahrt über hält Gersande ihren Sohn in den Armen. Alleine kann der Junge gar nicht mehr sitzen. Die Glieder sind schon ganz steif, der Kiefer *contracté*.

Im Krankenhaus bekommt er ein Zimmer für sich allein, abgedunkelt. Gersande darf bei ihm bleiben, auch nachts, ein Bett wird neben seinem aufgestellt. Sie wischt ihrem Kind den Schweiß von der Stirn, der Brust, den Armen, sie wechselt seine Wäsche, immer ein Gebet auf den Lippen, ein Gedanke an Gott und an Maria. Vor allem mit Maria versteht sie sich gut.

Toto hat fürchterliche Angst vor den Operationen, weil er die fürchterliche Angst in den Augen seiner Mutter sieht. Der Tod steht im Raum, das weiß er, obwohl er noch ein Kind ist. Er hört ihre Gebete und grinst, weil er nicht anders kann. Das liegt an den Muskelkrämpfen, die sein Gesicht zum Dauerlächeln zwingen. Bald wird ihm der Schädel aufgebohrt werden, um die Injektionen zu setzen. Das hat er mitgehört, obwohl es ihm lieber wäre, es nicht zu wissen. Die Angst ist so stechend wie die Holzsplitter, die seit dem Unfall in seinem Hintern stecken und bald großflächig herausgeschnitten werden sollen, damit nichts mehr von ihnen übrig bleibt.

Stunden vergehen, in denen Gersande den Rosenkranz in ihren Händen dreht und auf ein Wunder hofft, denn viel Hoffnung haben ihr die Ärzte nicht gemacht. Doch die Operation verläuft gut, Toto lebt. Sein Kiefer allerdings bewegt sich immer noch nicht. Total verkrampft. Es gehe nicht anders, sagt der Arzt, zwei seiner Schneidezähne müssen weichen, der Junge dürfe nicht verhungern, jetzt, da er es so weit geschafft habe. Mit einem Hämmerchen werden sie weggeschlagen, zuvor die Oberlippe hochgezogen. Zwischen die Zahnlücken passt nun eine Kanüle, durch die Toto ernährt wird, denn schlucken geht nicht.

Nach zwei Wochen ist der *cap fatal* passiert. Die Ärzte sind froh, dass der Junge über dem Berg ist. Auch Gersande. Nicht nur, weil ihr einziger Sohn lebt, sondern auch, weil es die Zeit der Ernte ist und sie längst auf dem Feld stehen müsste. Also fährt sie nach Kapellenhof zurück. Toto bleibt noch im Krankenhaus. Am Ende werden es drei Monate sein. Allein.

Que sais-je encore? – Was weiß ich noch?, fragt sich mein Großvater, und dann fällt ihm ein: Seine Stimmbänder waren nach der Tetanuserkrankung ausgeleiert. Und immer wieder durchfuhren *spasmes* seine Glieder. Und er ist sich sicher: aus dieser Zeit sei ihm eine gewisse *fragilité* des Nervensystems geblieben.

Diese *fragilité* wird ihn später, da ist er schon Vater erwachsener Kinder, in eine psychiatrische Klinik bringen. Er wird sich selbst dort einweisen, nachdem seiner Frau die linke Brust abgenommen worden ist – Krebs. Er wird ihren Anblick, als sie aus der Narkose aufwacht, nicht ertragen. Er wird aus ihrem Zimmer flüchten und sich schlecht fühlen. Er wird ihr sagen, dass er sie künftig *ma jolie* nennen werde. Gleich darauf wird er seine Hübsche für ein paar Wochen verlassen und auf Kur gehen, nach Ammerschwihr, um den Vorfall zu verkraften. Es wird der Ort sein, an dem er später seine Asche verstreut haben will.

16

PUPILLE DE LA NATION

Mit dreizehn Jahren weiß Toto, dass er die höhere Schule besuchen will. Er sitzt in der guten Stube vor einem Teller mit goldgelbem Püree und sieht, während seine Mutter das Gebet spricht, zur Pendelleuchte über dem Tisch hin. Wie immer im Sommer kreisen ein paar Fliegen um den Schirm aus Blech. Toto beobachtet ihre Flugbahn und bemerkt zum ersten Mal, *alle Auen warten uf dich, Herr,* dass sie an einem bestimmten Punkt abrupt die Richtung wechseln, *du gebsch denne ihr Esse zu sin Zitt, du dusch din mildi Hond uf,* sodass die Kreise, die sie ziehen, bei genauerer Betrachtung gar keine sind, *und du gebsch se esse alles was do lebt un machsch dass gär,* sondern Vierecke. *Amen.*

Toto will seine Beobachtung gerade mit seinen Eltern teilen, als er seinen Vater die Gabel nehmen und das dampfende Püree in den Mund schaufeln sieht, so als müsse dieser zeigen, dass das, was er auf dem Teller hat, kein Geschenk Gottes ist, sondern das Ergebnis harter Arbeit. Da sagt Toto nichts zu den quadratischen Kreisen der Fliegen, sondern nur, dass er entschieden habe, Pfarrer zu werden.

Seine Mutter beginnt augenblicklich zu weinen, aber ohne sichtbare Tränen. Sie nässen nicht ihre Wangen, sondern scheinen hinter ihrem Gesicht hinab zu kullern bis zu ihrem schmalen Mund, der schluckt und zuckt, als klebe Brei an ihrem Gaumen. Ihr einziger Sohn wird gehen, noch bevor er erwachsen ist, und damit ihre einzige Hilfe auf dem Hof. Wer sonst soll die viele Arbeit übernehmen? Wer sonst soll da sein, wenn das Alter ihre Kraft verzehrt haben wird? Andererseits – einen Pfarrer in der Familie zu haben, ist immer gut. Stolz kann man darauf sein. Ein Pfarrer stellt etwas dar, die Nachbarn würden schauen, und das nicht schlecht. Und eine richtige Hilfe ist der Junge ehrlicherweise sowieso nie gewesen. Oft genug hat Gersande ihn auf dem Feld und im Stall beobachtet und gesehen, wie ihm die körperliche Arbeit missfällt. Er kann nichts anfangen mit den Tieren, trägt die Arbeitskleidung wie ein Korsett. Lieber kümmert er sich darum, dass seine guten Zeugnisse ordentlich über dem Bett in seiner Kammer hängen. Abgesehen davon, wenn er dann endlich Pfarrer ist, kann er ihnen ja auch Geld geben, damit sie sich Hilfe für die Ernte holen. Und nicht zu vergessen, man wird sich um ihn kümmern, für einen *Pupille de la Nation – Mündel der Nation* kommt der französische Staat für die Kosten der Schule auf. Wenigstens dafür sind der Erste Weltkrieg und Josephs amputiertes Bein gut gewesen, wenigstens dafür.

Und Joseph? Der unterbricht das Essen nur für einen kleinen, unbedeutenden Moment. Bewegt die Finger an der Gabel, die er wie die zum Heuwenden umklammert hält, dann öffnet er den Mund, und das Püree verschwindet im Schober.

Zwei Wochen später steht Toto mit einer *malle en osier* und seiner Mutter am Bahnhof. Sie warten auf den Zug nach

Cuvry, etwa einhundertzwanzig Kilometer von Kapellenhof entfernt. Der Schließkorb aus geflochtener Weide ist leicht, es gab nicht viel zum Einpacken. Nur das, was Gersande ihm hingelegt hat: die handgroße Bibel; zwei kurze graue Hosen und etwas Langes für darunter; zwei saubere Hemden, die nach Zitrone riechen vom scharfem Wasser, in das sie eingelegt worden waren; etwas Unterwäsche, bereits gestopft; ein Pullover aus dicker Wolle und einer aus dünner; ein Stück Seife; ein kleines Handtuch; ein Kamm für das blonde Haar, das Toto selten zeigt, immer zieht er seine *casquette* tief in die Stirn; eine warme Jacke für den Winter; Handschuhe aus dem Leder der Ziege, die laut seines Vaters krank gewesen ist; und natürlich seine Zeugnisse, aber die hat Toto selbst oben aufgelegt sowie das Wörterbuch *Tout en un*, das schon fast auseinanderfällt, sooft sucht er darin nach französischen Wörtern, die er in Kapellenhof nicht hört und doch wissen will.

Die Fahrt ist kurz und stumm. Gersande redet nicht, schaut nur immerzu aus dem Fenster auf die vorbeifließende Landschaft, die sich zu gräulichen Streifen zusammenzieht und ihr Bedauern über den Weggang ihres Sohnes hinter die Zugscheiben zu skizzieren scheint. Doch Toto will dieses verschwommene Gemälde der Wehmut nicht betrachten, nicht jetzt, da etwas Neues für ihn beginnt, das nichts mit den Feldern und den Ställen und den Erdäpfeln und der Handsichel zu tun hat, sondern mit etwas Höherem, das weder schmutzt noch stinkt, sondern glänzt wie die Pfeifen der Orgel in der Église Saint-Pierre von Hottviller.

Bald darauf stehen sie vor einem großen Gebäude, in

dem die Lazaristen untergekommen sind und die Schwestern der Charité. Eine Tür öffnet sich, heraus treten zwei Frauen. Auf ihren Köpfen bewegen sich weite, schneeweiße Flügelhauben im Rhythmus ihrer schnellen Schritte. Toto sieht jedoch nicht die Frauen unter den Hauben, sondern Täubchen, die sich jederzeit in den freien Himmel aufmachen können, in den sich schon die uralten Bäume vom groß angelegten Park erheben. Einige bilden eine Allee, laden ein, durch ihr sich verflüchtigendes Grün zu schreiten, hinter dem sich ein Tennis- und ein Bouleplatz verstecken und all die Orte, die die Schüler als Rückzugsräume auserkoren haben, um heimlich über Verbotenes zu reden oder um zu rauchen.

Hier, in Cuvry, verliert Toto Wort für Wort seinen *accent tudesque*. Hier, in Cuvry, badet er im Sommer in der Seille, geht am Wochenende in der Umgebung spazieren und läuft nachts hinter seinem schlafwandelnden Bettnachbarn Cordary her, mit dem ihn eine lebenslange Freundschaft verbinden wird. Hier, in Cuvry, träumt er zum ersten Mal auf Französisch von einem Leben, in dem er Reden schwingt, hoch oben auf einer Kanzel stehend. Nur in den Ferien fährt er nach Hause, um seinen Eltern beim Säen oder beim Ernten zu helfen.

17

E. H.

Im Dorf gab es keinerlei Kontakt zu den Mädchen. Mein Großvater sah sie nur in der Kirche und interessierte sich nicht für sie. Sie saßen auf der linken Seite, dort, wo die Männer nicht hindurften, auch nicht die Jungs. Doch in einem der Sommer, in dem er seinen Eltern auf dem Feld und dem Hof half, änderte sich das. Da zog E. H. seine Aufmerksamkeit auf sich. Es geschah an dem Tag, an dem er mit seinem Fahrrad in einen rostigen Nagel fuhr.

Alle Namen in den Mémoires meines Großvaters sind ausgeschrieben. Es gibt keine Abkürzungen. Bis auf E. H. Wer also war E. H., dass es so wichtig war, sie zu chiffrieren?

Cela fait partie des jardins secret de mon adolescence – Das gehört zu den verwunschenen Gärten meiner Jugend!, schreibt er, als hätte er meine Frage geahnt.

Anatole lehnt sein plattes Rad an die große Eiche, unter der er schon oft in der Bibel gelesen hat, und macht sich von dort zu Fuß auf zur Kirche. Es ist noch ein gutes Stück bis nach Hottviller, aber das stört ihn nicht. Er geht gerne zu Fuß, lässt seine Gedanken schweifen. Nur den Gottesdienst will er nicht verpassen. Immerhin will er bald, er ist jetzt schon neunzehn Jahre alt, zu den Grand Séminaristes nach

Metz wechseln und sein *baccalauréat* absolvieren. Als Priesterseminarist darf er dann auch endlich die Soutane tragen. Auf die hat er es abgesehen. Sie ist sein größter Wunsch, sein selbst erklärtes Ziel. Mit ihr weiß er, wie sein Lebensweg weitergehen wird. Das ist ihm wichtig. Denn Bauer sein und später einmal den Hof übernehmen, wie sein Vater es sich wünscht, will er auf gar keinen Fall. Auch der Pfarrer Krummacker rät ihm davon ab. Lieber solle er sich zum Priester ausbilden lassen. Jemanden wie ihn, der schlau, bescheiden und würdig ist, könne man gut gebrauchen.

Als Anatole endlich in Hottviller ankommt, hat der Gottesdienst bereits begonnen. Eine melodiöse Stille liegt über dem Dorf, wie er sie sonst noch nie vernommen hat. Er kann nicht sagen, ob es an den Nebelschleiern liegt oder an den Klängen des Orgelspiels, die sich mit der feuchten Luft vermengen, oder schlicht daran, dass sich wie jeden Sonntag das gesamte Dorf in der Kirche versammelt hat und er in dieser Zeit noch nie alleine draußen in dieser Stille gestanden hat, die ihm fast heilig vorkommt. Er genießt den Moment, allein zu sein und zu wissen, doch nicht allein zu sein, weil er nur die Tür zu öffnen braucht, um mittendrin unter Leuten zu sein und unter Gott sowieso, der ist ja überall, das hat ihn seine Mutter schon früh gelehrt, die Rosenkranzperlen in der Hand, glatt und von einem Braun wie dem reifer Kastanien.

Während Anatole die feuchte Luft einatmet und den Orgelpfeifen lauscht, kommt E. H. die steile Treppe herauf. Erst sieht er ihr Haar, das zu zwei akkuraten Schnecken links und rechts der Ohren aufgeflochten ist, fast so blond wie seines, dann ihre schmale Stirn, dann ihre großen grünen Augen, dann die beiden Grübchen um den Mund, dann das bebende Kinn, dann erst ihre gesamte hochgewachsene Statur, die in einem Kleid steckt, vollbespritzt mit braunem Schlamm. Aber den Schmutz nimmt Anatole erst wahr, als E. H. vor ihm stehen bleibt und weint.

Er fragt sie nicht, was passiert ist, weil er befürchtet, sie mit seiner Neugier in Verlegenheit zu bringen. Stattdessen nimmt er sie an die Hand, führt sie bis zum nahegelegenen Scheberbach, dort kennt er eine Stelle, wo sie ihr dreckiges Kleid so gut es geht reinigen kann.

Später legt er seine Jacke um ihre Schultern, holt zuvor aber noch den Nagel aus der Tasche, der ihm den Platten beschert hat. Nicht, dass er sie noch sticht.

Als er ihn gerade weglegen will, umfasst E. H. sein Handgelenk und zieht ihn zu sich heran. In dieser Position verharren sie, bis irgendwann aus der Ferne die Kirchturmglocken läuten und sie sich langsam voneinander lösen.

Zurück auf dem kleinen Vorplatz hören sie, wie gerade das letzte Gotteslied angestimmt wird. Gemeinsam folgen sie den Klängen, dann dreht sich E. H. um und verschwindet so plötzlich über die steile Treppe ins Dorf, wie sie aufgetaucht ist.

Anatole sieht ihr nach, auch dann noch, als sie bereits aus seinem Blickfeld hinausgetreten ist. Nachdenklich befühlt er den rostigen Nagel in seiner Tasche. Er hat ihn mitgenommen, als Souvenir. So schnell wird er sich nicht mehr von ihm trennen. Auch nicht, als er schon bei den Séminaristes in Metz ist. Zu sehr erinnert er ihn an E. H. und daran, wie geborgen er sich in ihren Armen gefühlt hat. Eine Geborgenheit, die ihm die Soutane – nie hätte er damit gerechnet – nicht gibt. Immer wieder wird er den Finger auf die Spitze des rostigen Nagels legen und darauf herumtippen, aber vorsichtig. Denn E. H. ist nicht da, um ihn an sich zu ziehen, und abgesehen davon will er nicht noch einmal wegen Tetanus im Krankenhaus landen. Mit dem Feuer spielen hingegen, das will er schon.

Zu dieser Zeit macht ihm seine kraftlose Stimme immer mehr zu schaffen. Manchmal schleicht er sich heimlich auf die Kanzel, liest aus der Epistel vor, nur um zu prüfen, wie weit seine Worte reichen. Fast kann er sehen, wie sie hoch oben in der Luft verpuffen, noch bevor sie irgendjemanden da unten auf der Kirchenbank erreicht haben. Bald weiß er, Pfarrer werden kann er nicht. Will er auch nicht mehr. Der Stimme wegen. Ein guter Grund. So jedenfalls sagt er es seinen Eltern. Und auch dem Pfarrer Krummacker. Außerdem steht der Krieg bevor. Alle wissen es. Alle fühlen es. *La guerre était imminente, cela se sentait.* Noch ein guter Grund, sich neu zu orientieren. Und so tauscht Anatole nach zwei Jahren in Metz die Soutane gegen die Uniform der französischen Artillerie ein.

»Mein Vater vergötterte Uniformen«, sagt meine Mutter, »egal welche. Da wusste er immer, dass die anderen wussten, wer er war. Das brauchte er, weil er es selbst nicht wusste. Die richtige Stimme hatte er für keine der Uniformen. Zu leise. Und immer am Verschwinden. Deswegen war er oft krankgeschrieben, er, *le professeur*. Im Bett liegen und sich schonen – das mochte er. Aber wehe, jemand anderes wurde krank. Da wurde er laut. Da konnte er plötzlich die Stimme erheben, die ihm angeblich fehlte.«

18

MOBILMACHUNG

Zwei Monate, bevor seine Ausbildung zum Offizier begann, wurde mein Großvater, wie etwa siebenhunderttausend Menschen, die nahe der deutschen Grenze lebten, evakuiert.

In seinen Mémoires erinnert er sich an diesen Moment mit wenigen Sätzen, die im Gegensatz zu seinem sonst zurückhaltenden Ton etwas mehr als pure Nüchternheit transportieren:

Le premier septembre 1939, affichage de l'ordre de mobilisation générale. Vers 14 h 30, le lamentable cortège d'évacuation s'ébranle, ayant en tête le maire, et toutes les cloches de l'église sonnèrent une dernière fois … – Am 1. September 1939 wurde die Mobilmachung öffentlich angeschlagen. Gegen 14 Uhr 30 kam der traurige Evakuierungszug langsam in Bewegung, vorneweg der Bürgermeister, und alle Kirchturmglocken läuteten ein letztes Mal …

Danach folgen akribisch aufgelistet die Stationen ihrer Umsiedlung. Kein Wort darüber, wie es für ihn war, von heute auf morgen die Heimat verlassen zu müssen, um dem befürchteten Angriff der Wehrmacht zu entgehen. Kein Wort darüber, wie es seinen Eltern erging, mit denen er sich am Ende in einem kleinen Zimmer bei irgendeiner

Familie in einem anderen, fremden Dorf wiederfand, um als Zwangsflüchtling einer unsicheren Zukunft entgegenzublicken. Kein Wort darüber, wie ihre Stimmung und die der Nachbarn war, all der Frauen, Männer und Kinder, die ihr Hab und Gut in Tragbares einteilten, um wenigstens etwas von ihrem Leben mitzunehmen.

Ich kenne die historischen Fotos, auf denen man Pferdewagen sieht, beladen mit übereinandergestapelten Matratzen und Menschen, umrahmt von französischen Flaggen, angebracht am Rathaus, meist der Treff- und Ausgangspunkt der kollektiven Umsiedlung. Ich sehe die Frauen vor mir, viele mit Kopftuch und ärmlich gekleidet, Kinder mit Schulranzen auf dem Rücken, einen Koffer in der einen, einen Kartoffelsack in der anderen Hand, gefüllt mit Kleidung, etwas zu essen, alles, was getragen werden konnte. Ich sehe die Hast in den eingefrorenen Momenten. Ich sehe Mütter mit Kleinkindern auf dem Arm, eingewickelt in Decken, ich spüre ihrer Last nach, dem Gewicht ihrer Kinder und dem ihrer Unsicherheit.

Gersande sucht in aller Eile die nötigste Kleidung zusammen und Proviant für die nächsten Tage, Brot, Hartkäse, Wurst, Wasser. Fünfzehn Kilo dürfen sie mitnehmen, mehr nicht. Sie legt das Gepäck auf die kleine Fläche des Handwagens. Dann kommt eine Decke darüber, die warme, die man immer gebrauchen kann. Die Enden stopft sie zwischen die Sprossen des Wagens, damit nichts hinunterfällt.

Währenddessen bindet Joseph zwei Kühe an. Die will er nicht dalassen. Zu viel wert, vor allem die eine, die so viel Milch gibt wie keine andere. Den Ziegen gibt er noch rasch Futter in die Tröge, mehr als üblich, damit es für eine Weile hält.

Es ist heiß, eigentlich ein guter Tag, um endlich das restliche getrocknete Gras einzufahren, zumal die Woche zuvor auch sonnig und warm war. Doch das getrocknete Gras bleibt auf dem Feld. Und die Tiere angebunden im Stall. Einige Aufpasser, erzählt man sich, würden im Ort bleiben und sich um das zurückgebliebene Vieh kümmern. Doch wie soll das gehen bei den vielen Höfen?

Joseph und Gersande machen sich Sorgen. Weniger um sich als um ihre Tiere und ihren Boden, mit dem sie verbunden sind wie ein Baum mit seinen Wurzeln. Was sollen sie denn so weit weg? Und was ist, wenn niemand für das Futter kommt und den Mist?

Das Haus schließen sie ab, so wie es angeordnet worden ist. Den Schlüssel sollen sie außen stecken lassen. Das immerhin ist ein gutes Zeichen und gibt ihnen ein bisschen Hoffnung darauf, bald wieder zurückkommen zu dürfen.

Anatole holt sein Fahrrad aus dem Schuppen. Er schiebt es neben seinen Eltern her, die sich einreihen in die flüchtende Menge. Alle reden wild durcheinander. Jeder versucht, etwas zu erfahren oder mitzuteilen: Ich habe gehört, es werden Flieger kommen. Übernächsten Sonntag sind wir bestimmt wieder daheim. Zwei Wochen, vielleicht auch drei, aber nicht mehr.

Anatole ist froh um sein Fahrrad. Mit ihm fühlt er sich frei, kann sich notfalls von seinen Eltern absetzen und von allen anderen, die sich nur schwer von ihrem Zuhause trennen können. Ihm macht es nichts aus fortzugehen. Nur für seine Eltern tut es ihm leid. Er sieht, wie das Ungewisse sie quält. Wie sein Vater auf den Krücken den beiden mitgenommenen Kühen hinterherhumpelt, da die Prothese nicht für lange Märsche gemacht ist. Und wie seine Mutter sich an den Rosenkranz klammert, als sei diese perlenbesetzte Schnur die letzte direkte Verbindung zu ihrem Hof.

Für Anatole hingegen ist dieser Aufbruch ein großes Abenteuer. Laut darf er das nicht sagen. Doch in ihm tobt die Freude. Er ist zwanzig Jahre alt und hat nichts dagegen, Lothringen zu verlassen. Er kennt bislang nur sein Dorf, Cuvry und Metz. Tiere und Geistliche. Allzu viel mehr hat er nicht gesehen. Aber jetzt hat er zum ersten Mal die Chance, die bäuerliche Verpflichtung hinter sich lassen, ohne Schuldgefühle haben zu müssen. Denn die Anordnung des französischen Generalstabs, das Grenzgebiet für das Militär offenzuhalten, ist ein Befehl. Da kann niemand etwas dagegen tun. Außerdem wartet schon bald die Artillerie auf ihn. Es schadet nicht, vor seiner Ausbildung noch etwas von der Welt zu sehen.

Ein paar Meter weiter vorne in der Menge erblickt Anatole E. H. neben einem Leiterwagen. Ihre blonden Haarschnecken links und rechts des Kopfes leuchten wie übergroße Ohrenschützer in der Sonne. Seit dem Tag vor der Kirche hat Anatole sie nicht mehr gesehen. Aber oft von ihr geträumt. Immer der gleiche Traum. Er begann gut und endete in einem Gefühl von Scham. Er träumte, wie sich E. Hs. Haarschnecken entrollen und schlangengleich um ihre Hüften tänzeln. Wie er diese beiden goldenen Zöpfe geschickt einfängt und sie zwischen seinen Fingern gleiten lässt, bis plötzlich Pfarrer Krummacker hinter ihm auftaucht und sie ihm aus der Hand nimmt. Wie Pfarrer Krummacker E. H. dann hinter sich her zieht und erst beim Holzkreuz der Kapelle stehen bleibt, an dem kein Jesus hängt, bloß eine Holztafel ohne Inschrift. Wie er daraufhin in Anatoles Soutane greift, sofort den rostigen Nagel erwischt und ihn E. H. unter die Nase hält, wo er sich verdoppelt, aus eins wird zwei, sodass Pfarrer Krummacker erst den einen Zopf ans Kreuz schlägt, dann den anderen, während Anatole sich abwendet, um E. H.s Augen nicht zu sehen, die ihn lauter anzuflehen scheinen als ihr Mund.

Anatole nimmt seinen Mut zusammen, tritt in die Pedale. Auch wenn es nur ein Traum war, hat er das Bedürfnis, sich bei ihr zu entschuldigen.

E. H.s Haarschnecken wippen verdächtig, als er auf ihrer Höhe bremst und sie ihren Blick hebt. Anatole befürchtet schon, die Schnecken könnten sich tatsächlich lösen, doch zum Glück bleiben sie in ihrer Form. Etwas verlegen lächelt er sie an. Und sie nickt.

Erleichtert steigt er ab, bindet ihr Gepäck an seinem Fahrrad fest. Gemeinsam gehen sie am Rand des Feldes entlang. Viel wissen sie nicht über ihren Weg. Nur dass sie die Hauptstraße meiden sollen, weil die für die französische Armee vorgesehen ist.

Niemand scheint Anatole und E. H. zu beobachten, als sie ihren Schritt beschleunigen und sich an die Spitze des Menschenzugs setzen. Vielleicht, weil der gemeinsame Marsch ins Ungewisse eine Nähe erlaubt, die sonst nicht denkbar gewesen wäre. Vielleicht beobachtet sie aber auch niemand, weil die meisten an das denken, was sie zurücklassen mussten, und nicht, wie Anatole, an das, was vor ihnen liegt.

Die erste Nacht verbringen sie auf einer Wiese in Lorentzen, etwa zwanzig Kilometer südwestlich von Kapellenhof entfernt. Überall ist das Murmeln der anderen zu hören, die sich auf ihren Decken und Jutesäcken niedergelassen haben. Als die Sonne aufgeht, laufen sie weiter nach Réding, Eyviller, Sarraltroff, verbringen eine Nacht im Wald von Diane-Capelle, dann geht es nach Azoudange. Hier werden sie auf einen Viehwagen verladen. Keine Bänke, kein Stroh, nur eine nackte Fläche voller Menschen mit Bündeln, von denen einige Kinder bergen, andere den Proviant.

Sechsunddreißig Stunden später Ankunft in Saint-Junien. Der Rücken schmerzt, auch der Steiß, die Beine, der Kopf. Am Anfang war es noch angenehm gewesen, endlich sitzen zu dürfen und vor allem: Strecke zu machen. Doch mehrere Stunden am Stück auf einem Viehwagen gehen in die Knochen.

In Saint-Junien Umstieg in einen Lastwagen bis nach Brigneul. Dort fand die Verteilung der Einwohner in die Partnerkommunen statt.

Für E. H. heißt die neue Ortschaft Lesterps, aber nur für kurze Zeit, denn von dort aus wird es für sie wieder weitergehen in Richtung Langon, südlich von Bordeaux, wo ihre Tante in einem Kloster lebt und auf sie wartet.

An einer Weggabelung, umringt von weidenden Schafen, sagen sie sich Adieu. Anatole nimmt ihre Hand, öffnet sie behutsam, legt den rostigen Nagel direkt auf ihre Lebenslinie und schließt dann ihre Finger um ihn. Beschützen soll er dich, sagt er. Entweder als Waffe, wenn du eine brauchst, oder als *talisman*, je nachdem. Dann dreht er sich um und begibt sich, ohne noch einmal nach ihr zu sehen, in den Nachbarweiler Saint-Christophe, in dem er und seine Eltern Zuflucht finden sollen, fast siebenhundert Kilometer von Kapellenhof entfernt.

In Saint-Christophe weht der Wind frisch. Ein salziger Geschmack macht sich in ihren Mündern breit, als sie am 7. September 1939 ankommen und ihre wenigen Sachen auspacken, *très fatigués*.

Manchen Einheimischen gefallen die Ankömmlinge gar nicht. Vor allem die nicht, die nur deutsch sprechen. Wie kann man ihnen nur *les boches* aufzwingen, gerade jetzt, da Frankreich den Deutschen den Krieg erklärt hat? Vielleicht sind das ja Kollaborateure. Und warum erhält jeder von denen zehn Francs am Tag? Ihnen gibt man nichts. Aber Zimmer sollen sie bereitstellen und auch noch ihr Essen teilen. Das ist doch ungerecht!

Andere hingegen sind froh um den Zuwachs. Es gibt immer viel zu tun. Also suchen sich die Bauern die besten Männer und Frauen aus, wie Vieh.

»Das Bein ist ja immer noch amputiert«, sagt meine Mutter, »obwohl der Vater meines Vaters zu diesem Zeitpunkt noch beide Beine hatte. Schmerzen kannst du ihm lassen, aber den Stumpf und die Krücken – das musst du ändern! Und wo sind eigentlich die zwei mitgenommenen Kühe geblieben?«

19

RICHTIGE FERIEN

Drei schmale Betten in einem Zimmer, das kaum größer ist als Anatoles Kammer in Kapellenhof. Seine Mutter schnarcht lauter als sein Vater. Das hätte er nie gedacht, wenn er es nicht mit eigenen Ohren gehört hätte.

Anatole sitzt im Bett, den Rücken an die raue Steinwand gelehnt. Fahl scheint die Sonne durch das Fenster, das seinen Vater einrahmt, der sich gerade nach Angoulême aufmacht, wo er Arbeit in der Munitionsfabrik gefunden hat. Gersande hingegen putzt im Schloss von Saint-Christophe, reinigt dort, was es zu reinigen gibt, poliert aber am liebsten das glänzende Besteck.

Obwohl Anatole und seine Eltern auf engstem Raum leben und Gersande gebetsmühlenartig bedauert, nicht dort zu sein, wo sie eigentlich hingehören, nämlich zu Hause, bei ihren Tieren und ihren Feldern, sind sie *pas trop malheureux*. Vor allem Anatole ist nicht unglücklich. Für ihn ist es in Saint-Christophe ein bisschen so wie Ferien haben. Richtige Ferien aber, ohne jede Verpflichtung. Denn normalerweise muss er um diese Zeit seinen Eltern helfen, ach was, schuften muss er, bis der Rücken schmerzt und die Hände schwielig sind. In Saint-Christophe muss er nichts. Nur darauf warten, dass die Zeit vergeht, denn am 29. November beginnt seine Ausbildung bei der Artillerie in Poitiers.

Doch weil er sich weder von seinen Eltern noch von den Saint-Christophoriens nachsagen lassen möchte, dass er nur faul herumsitzt und nichts tut, meldet er sich freiwillig im *bureau de poste*. Dort gibt es eine Menge zu tun, seit die Flüchtlinge da sind. Die Anzahl der ein- und ausgehenden Briefe hat sich verdoppelt, verdreifacht gar. Schließlich wollen alle voneinander wissen, wie es geht und wo man untergebracht ist und wie man in der Fremde aufgenommen wurde.

Diese Post verteilt Anatole nun und kommt dabei mit *tout le monde* in Kontakt: mit den altbekannten Gesichtern natürlich, dem Nachbarn von nebenan aus der Rue de Petit Réderching; mit der ehemaligen Grundschullehrerin aus Hottviller, die jetzt auch in der Charente unterrichtet und ein Zimmer an der Schule erhalten hat; mit dem Pferdebauern nahe der Koppel, wo er die fatale Birne hatte pflücken wollen und sich stattdessen einen Wundstarrkrampf geholt hat; und mit dem Pfarrer Krummacker, der in dem Schloss, in dem seine Mutter das Besteck auf Hochglanz poliert, ein neues, komfortables Zuhause gefunden hat. Aber weil Anatole dem Pfarrer nurmehr ungern unter die Augen tritt, seit er sich dagegen entschieden hat, einer wie er zu werden, überlässt er die Post für ihn lieber seiner Mutter. Besser ist es, wenn sie sie ihm bringt.

Als er einmal mit der vom Pfarrer Krummacker abonnierten Zeitschrift *L'action française* und einem Brief für ihn auf seine Mutter wartet, lernt er die Schlossherrin kennen, Madame B. Sie ist eine freundliche Adelige mit hervorstehenden, samtschwarzen Augen und aufwendiger Hochsteckfrisur. Es gefällt ihm, wie sie spricht, als kleide sie ihre Worte in Seide. Er mag auch ihren forschen Gang und wie ihre hallenden Schritte im Schloss den Takt angeben. Vor allem mag er aber, wie sie ihn interessiert mustert, als sei er für etwas zu gebrauchen, was ihn von allen anderen unterscheidet. Sein Gefühl trügt ihn nicht. Bald schon bittet sie ihn darum, sie für fünf Tage nach Paris zu begleiten, sie würde sich auch erkenntlich zeigen, ein junger Mann wie er könne doch bestimmt etwas Geld und Zerstreuung gebrauchen, *n'est-ce pas?*

Abgesehen von dem Milchwagen, der Anatole ins Krankenhaus nach Strasbourg gebracht hatte, und von den Vieh- und Lastwagen bei der Evakuierung ist er noch nie Auto gefahren. Und in der Hauptstadt ist Anatole auch noch nie gewesen. Natürlich sagt er zu. Vielleicht ist er etwas verblüfft über sein Glück, es ist mehr, als er sich je erhofft hat. Endlich raus in die Welt – denn kleiner als die Welt ist Paris für ihn zu diesem Zeitpunkt nicht.

20
PARIS

Weiße Tischdecken, Gelächter, Stühle aus Korbgeflecht, in der Hand die Zigarette, ein seitlicher Blick wie eine Aufforderung, das Leben endlich als Traum zu sehen. Roter Wein in Gläsern, von denen ein kristallklarer, hoher Ton erklingt, wenn Madame B. ein silbernes Löffelchen dagegen schlägt, um vor einer erlesenen, elegant gekleideten Gesellschaft eine Ansprache zu halten, die mit *Vive la France* endet und damit, dass dieser angehende Offizier hier, ihr Gast – sie deutet nicht ordinär mit der Hand, sondern elegant mit einem sanften Kopfnicken auf Anatole –, dabei helfen werde, das Land vor den Barbaren zu bewahren, die ihrem Mann in Verdun das Leben genommen haben.

Anatole hebt das Glas, wie Madame B. das Glas hebt, er drückt den Rücken durch, wie Madame B. den Rücken durchdrückt, er nimmt die Gabel von ganz rechts außen zur Hand, wie auch Madame B. es macht. Er ahmt jede ihrer Gesten nach, um nicht als Bauernjunge enttarnt zu werden, und schmeckt die Zartheit des gebratenen Fleisches auf dem Porzellanteller, das er, der mit so vielen Tieren aufgewachsen ist, keinem ihm bekannten Tier zuordnen kann. Er hebt den Blick, lässt ihn genussvoll durch den Raum und über die vielen erhabenen Köpfe schweifen und dann hinaus durch das große Fenster des Restaurants auf die Straße, wo in dem Moment die Lichter angehen, so viele und so bunt, wie er es noch nie in seinem Leben gesehen hat. Mehr denn je weiß er, wohin er will: nach oben und zum Militär, das gerade am Restaurant vorbeimarschiert, die Bajonette am Gewehr und mit Gasmasken vor dem Gesicht.

21

ZUKUNFT LEBEN

Gegen die Deutschen wird Anatole allerdings nicht kämpfen. Während er noch mit seinen Kameraden in Poitiers das Schießen mit der Canon de 75 übt und das Reiten, besetzen deutsche Truppen Elsass und Lothringen. Nach nur knapp sieben Monaten in der Ausbildung muss er die französische Uniform ablegen. *Mon cœur était rempli d'amertume – mein Herz war voll von Bitterkeit.* Geschlagen innerhalb von sechs Wochen! Wenn er ehrlich ist, wundert es ihn aber nicht. Er hatte es befürchtet, ja, geahnt sogar, und sich bei seinem besten Freund Cordary über das Chaos beklagt, das in der französischen Armee herrsche. Die Neulinge müssten ihren Vorgesetzten zeigen, wie man einen Karabiner öffne – und wenn die gesamte französische Armee auf diesem Niveau sei, *nous ne sommes pas prêts de remporter la victoire – dann werden wir den Sieg nicht erringen.*

Am 11. November 1940, es ist sein zweiundzwanzigster Geburtstag, erhält Anatole den Befehl, wieder in seine Heimat zurückzukehren.

Der Zug rollt an, vollgestopft mit jungen Lothringern in Zivil. Manche haben die Haut von Kindern, glatt und weich, noch weit von einem Bartwuchs entfernt. Einige sind dankbar, endlich zu ihren Eltern, ihren Geschwistern, ihrer Katze zu dürfen. Andere wirken resigniert. So wie Anatole. Er will nicht zurück. Aber im Landesinneren bleiben? Seine Eltern allein lassen? Er ist ihr einziges Kind. Und ihr letzter Brief war ein Hilferuf gewesen. Die sonst so klare Schrift seiner Mutter zittrig, ihre wenigen Zeilen in Eile verfasst. Kein Wunder. Wahrscheinlich hatte sie sie auch in Eile geschrieben. Denn seine Eltern, die von den Deutschen bereits im Juli den Befehl erhalten hatten, Saint-Christophe zu verlassen und sich nach Kapellenhof zu begeben, aber zügig, die evakuierten Gebiete müssten wieder bevölkert werden, sind schon wieder auf der Flucht. Diesmal in eines der so genannten *Siedlungsgebiete*, Machern bei Wich, ein lothringisches Dorf, das Anatole bislang nur unter dem Ortsnamen Maizières-lès-Vic kennt. So lautete jedenfalls der neue Befehl der Deutschen, weil angeblich alle Felder und Äcker und Gärten von Kapellenhof, Hottviller sowie von siebenundzwanzig weiteren Ortschaften benötigt würden, um dort Truppenübungsgelände zu errichten. Und das, nachdem seine Eltern knapp vier Monate lang vieles wieder aufgebaut hatten, was sie bei ihrer Rückkehr nach Kapellenhof zerstört vorgefunden hatten. Fast nichts war ihnen mehr geblieben. Ihr Haus ausgeplündert. Auch der Stall. Die Scheune. Keine Kuh, keine Ziege, kein Brennholz, selbst die Seife war ihnen gestohlen worden.

Die Wolken am Himmel machen dicke Backen. Es regnet nicht, aber es ist kurz davor. Anatole weiß, es wird kälter werden, je weiter östlich sie kommen.

Clermont-Ferrand ist der erste Halt, dann folgt Lyon,

dann Chalon-sur-Saône. Wenigstens ist die Reise komfortabel, ein Tag quer durch Frankreich, sitzend und ohne zig Übernachtungen auf Wiesen oder in Wäldern wie wenige Monate zuvor noch.

In der Bahnhofshalle von Chalon-sur-Saône angekommen, lässt eine Kommission von Deutschen Anatole und die anderen jungen Männer antreten. Sie kontrollieren ihre Ausweise, vergleichen das Foto im Pass mit dem Gesicht, das vor ihnen ist; sie gucken ganz genau hin, ob die Augen, die sie auf dem Bild sehen, auch die sind, mit denen sie angeschaut werden; ob der Mund auf dem Papier auch der ist, der ihnen antwortet. Daran ist nichts Ungewöhnliches, das ist das Wesen von Kontrollen. Doch es werden Gruppen gebildet: All die *Französlinge*, wie die deutschen Besatzer jene frankophilen Lothringer bezeichnen, die nicht den Vorstellungen Hitlers für ein großgermanisches Weltreich entsprechen, werden von Gauleiter Bürckel in die nicht besetzte Zone Frankreichs geschickt – *brutalement*, wie mein Großvater schreibt. Die anderen aber, die sie für geeignet halten, um aus ganz Lothringen ein rein deutsches Gebiet zu machen, müssen zurück in ihre Herkunftsregion.

Anatole ist zu gebrauchen. Er wird als *regermanisierbar* eingestuft. Weil er gut deutsch spricht? Weil er blondes Haar hat? Helle Augen?

Und so besteigt er den Konvoi nach Metz. Von dort aus geht es wieder mit dem Zug weiter in Richtung Sarrebourg. An jeder Milchkanne hält die Regionalbahn. Verschwunden sind die Orte Bénestroff, Dieuze, Avricourt. An ihrer Stelle stehen nun Bensdorf, Duss und Elfringen. Überall deutsche Namen. Überall deutsche Soldaten.

Anatole zieht die Schultern nach vorne, macht sich klein, die Räder kreischen, der Zug fährt ein, Endstation. Er steht auf, betritt den Bahnsteig von Azoudange, das jetzt Aßlingen heißt, es ist inzwischen ein Tag vor Weihnachten und es regnet Speerspitzen aus Eis. Bis nach Machern bei Wich sei es nicht mehr weit, vier Kilometer vielleicht, wird ihm gesagt. Anatole geht die Hauptstraße entlang, verlässt Aßlingen, dessen spitzer Klang ihm in den Ohren schmerzt. Die Nacht bricht ein. Grau und kalt liegen die Wiesen und Felder links der Hauptstraße, als sei der Nebel über ihnen eingefroren. Eine unerträgliche Einöde. Jeder Schritt scheint ihn nicht nach vorne zu bringen, sondern weiter in den Stillstand hinein. Er friert. Gesicht und Finger steif. In seinem Rücken der fies grinsende Viertelmond, seine Sichel wie hochgezogene Mundwinkel. Am Ortseingang dann, ein Bauer, der Kies streut, und ein schwarzer Hund, dessen Lefzen zwischen glasigem Speichel hängen. Anatole fragt den Mann nach seinen Eltern. Auf dem Land ist es möglich, nach den Fremden zu fragen. Vor allem in Lothringen. Selbst Metz ist ein Dorf. Jeder kennt jeden oder mindestens einen, der jemanden kennt, der den kennt, nach dem man sucht. Der dritte Hof links, lautet die Antwort, neben der Scheune. Anatole nickt, bedankt sich, froh zu wissen, wo er seine Eltern antreffen wird, wenn auch nicht dort, wo sie sein sollten. Aber betrübt bleibt er trotzdem: Was jetzt, denkt er sich vielleicht, in einem Land, das nicht mehr seines ist, für das er nicht mehr kämpfen kann und in dem er auch nicht kämpfen will. Und was zum Teufel soll er bei seinen Eltern tun? Wer soll er sein? *Les Allemands m'ont pris m'ont avenir, ma vie – Die Deutschen haben mir meine Zukunft genommen, mein Leben.*

22

HILFSLEHRER

Hilfslehrer zu sein ist das Beste, was Anatole einfällt. Zumindest für die paar Monate, bis er sich im Herbst für das erste Semester an der Universität Heidelberg einschreiben kann – der einzigen Hochschule, an der es Lothringern erlaubt ist zu studieren.

Da die neuen Machthaber jemanden wie ihn suchen, der fließend deutsch spricht – kein Französisch wollen sie mehr hören, nirgends, und dafür braucht es dringend Personal –, bekommt er die Hilfslehrerstelle sofort. An einer Gemeinschaftsschule in Mannwald (früher Manhoué) nordöstlich von Nancy, mit einem Monatsbezug von hundertfünfzig Reichsmark. Der *nazi de bon teint*, der für den Ort abgestellt ist, zählt auf ihn, klopft ihm auf die Schulter, nennt ihn, wie alle anderen auch, nur *Herr Lehrer* und gibt ihm nach Unterrichtsschluss immer wieder Aufgaben. Offizielle Briefe schreiben zum Beispiel, damit dem *Herrn Lehrer* nachmittags nicht langweilig wird, wie der schöne Nazi, den in Mannwald wiederum alle nur *Bauernführer* nennen, nicht ohne Verachtung sagt.

Oft geht Anatole in die Schulbibliothek und blättert in den Büchern dort. Es sind erstaunlich viele für so ein überschaubares Dorf, und darüber ist er heilfroh. Er hat viel Zeit für sich. Zu viel, wie er findet. Da werden seine Gedanken schwarz und er fängt an, die nackten Bäume auf dem Schulgebäude als Bedrohung für sein Gemüt zu empfinden. Er kann sie nicht ansehen, ohne dass ihre Äste zu Klauen werden, die ihn fangen und zermalmen wollen.

Inmitten der Bücher jedoch geht es ihm besser. Er mag den Duft von Papier und das Wissen, das noch so viele Geschichten auf ihn warten, die er nicht kennt. Ganze Abende verbringt er in der Schulbibliothek, liest sich müde.

Einmal steht der schöne Nazi plötzlich hinter ihm und befielt ihm, alle französischen Bücher in den Keller zu bringen und die deutschen in die Regale einzuordnen, aber schön sauber. Dabei zeigt er auf eine Reihe mit Kisten, die angeliefert worden waren, dann zieht er ab.

Ein Sonnenstrahl fällt durch die Fenster, beleuchtet den in der Luft tanzenden Staub, als Anatole mit seiner Arbeit beginnt. Erst leert er Kiste für Kiste, dann füllt er sie wieder. Schwer wiegen die Bücher. Irgendwann, es ist schon spät, ertönt die barsche Stimme des schönen Nazis wieder in seinem Ohr: Nur die deutschen Bücher einordnen, herrje, die französischen einfach werfen, weg mit dem Schund!

Anatole wirft die Bücher trotzdem nicht. Er hat ein gutes Argument dagegen. Sonst nehmen sie zu viel Platz ein, und den haben wir nicht! Also darf er sie stapeln. Und die Bücher, die er noch unbedingt lesen will, legt er obenauf, griffbereit.

Die Tür zum Keller quietscht. Anatole bleibt stehen, spitzt die Ohren, lauscht in die Nacht. Er hat noch nie etwas Verbotenes getan. Gott ist sein Zeuge.

Alles ist still, aber man kann nie wissen. Viele Saarpfälzer leben neuerdings in Mannwald. Er versteht sich gut mit ihnen, kann ihren pfälzischen Singsang leiden, der sich oft kaum von dem Akzent unterscheiden lässt, den so mancher Lothringer hier hat, der zum ersten Mal deutsch spricht. Doch die Saarländer kommen von der anderen Seite, das darf er trotz aller Sympathie nicht vergessen. Sie wurden hergeholt, um die Bevölkerung auf Dauer zu *verdeutschen*. Also ist Vorsicht geboten. Man hört viel, und man weiß ja nie!

Der Keller ist so dunkel wie ein Verlies. Trotzdem macht Anatole kein Licht. Er schleicht die Stufen hinunter, bleibt immer wieder stehen, um zu horchen, ob ihm nicht jemand folgt. Bei den Kisten angekommen, nimmt er den Roman *Les Oberlé* von René Bazin vom Stapel, steckt das populäre Buch des viel gelesenen Autors geschwind unters Hemd, schleicht sich zurück auf sein Zimmer.

Dort liest er sich in die Zeit um die Jahrhundertwende zurück, als sein Vater Joseph ein paar Jahre jünger war als er jetzt und die Deutschen ebenfalls das Elsass und Teile Lothringens besetzt hielten. Vergangenheit, ja, und doch auch Teil seiner Gegenwart. Er folgt dem Vater Oberlé, einem reichen Industriellen, der der Karriere wegen mit den Deutschen Geschäfte macht. Anatole taucht ein in die Konflikte einer Familie, die gegen die Ansichten des Oberhauptes sind und für ein französisches Elsass, wie die allermeisten nach dem Ersten Weltkrieg. Und ich erkenne in dem Roman das Drama meiner Vorfahren in der Frage nach der Zugehörigkeit wieder, die eng an die der Nationalität gebunden ist.

23

WEIN ODER BIER

Ich finde in mir die Erinnerung an ein Familienessen in einer vornehmen Taverne Alsacienne. Ich glaube, wir feierten Grand-papas Geburtstag, aber sicher bin ich mir nicht. Sicher bin ich mir nur, dass er am Ende der weiß eingedeckten langen Tafel mit den zu Schwänen gefalteten Servietten saß und Wein für alle Erwachsenen orderte. Mit Wein kannte er sich aus.

Wir Kinder, also meine Geschwister und ich, hatten einen eigenen Tisch bekommen, etwas abseits. Ich sah hinüber zu dem Kellner mit der wadenlangen Bistroschürze, der gerade die Bestellung meines Großvaters aufnahm. Da hob meine Mutter die Hand wie eine Schülerin, die dringend auf die Toilette muss, und bestellte für sich lieber *une bière*. Mein Großvater sah sie scharf an. Es war eine Rüge mit den Augen, die die Wolke über dem Kopf meiner Mutter rußschwarz werden ließ. Dann sagte er, sodass alle es hören konnten: *Devenue une allemande, alors! – Aha, zur Deutschen geworden!*

Es war das erste Mal, dass ich begriff, dass Bier und Deutschland wohl zusammengehören und Wein und Frankreich, und dass das Wort *Allemande* ein Schimpfwort für ihn war.

24

DAS NEST

Die Vögel in den Bäumen zwitschern so laut, als wollten sie den Winter vollends vertreiben. Seit zwei Stunden schon beobachtet Anatole sie am Fenster stehend, folgt ihrer hüpfenden Unruhe, die auch der seinen entspricht. Es ist ein aufregender Tag, wenn auch ein ganz normaler Mittwoch im Februar 1941. Doch gleich wird der Schuldirektor die Aula in Begleitung einer Dame betreten, die darüber entscheiden wird, ob er wegmuss, *zwecks Umschulung*. Eigentlich dürfte Anatole das gar nicht wissen. Doch der Schuldirektor, ein leidenschaftlicher Spieler, dem Anatole heimlich Belote beibringt, hat ihn vorgewarnt. Geheimnisse verbinden. Von ihm weiß er also, dass diese Frau kommen wird, um Lehrkräfte einzusammeln, von denen sie glaubt, ihnen würde der nationalsozialistische Blick auf die Welt fehlen und es sei besser, wenn sie das deutsche Schulsystem dort kennenlernen würden, wo es schon länger bestehe als in den annektierten Gebieten.

Aus der Ferne sieht er sie: graues Kostüm, Schuhe mit Absatz, trotzdem kaum größer als ein Meter fünfzig. Ihr Haar ist zu einer Art Nest frisiert. Einer der Spatzen auf den kahlen Zweigen könnte in ihm landen, ausladend genug wäre es dafür.

Anatole wirft einen Blick auf die Bäume und hofft, keines der Vögelchen käme auf die Idee, die ihm da gerade durch den Kopf geht. Er würde es als schlechtes Omen deuten. Rasch sieht er zum Himmel, blinzelt in das gleißende Morgenlicht und schickt ein knappes Gebet zum Herrgott.

Kurz darauf streckt ihm die Frau die Hand entgegen, forsch. Ihr Blick ist fest. Sie selbst jedoch ist, sieht man von ihrer Nest-Frisur ab, unscheinbar. Dennoch wird das Urteil dieser kleinen Frau seine nahe Zukunft bestimmen. Also legt Anatole sich ins Zeug. Er spricht ein Deutsch, das klarer klingt als das des schönen Nazis. Er verschlingt keine Endung. Er öffnet den Mund beim A. Er rundet ihn beim O. Das R sägt Zacken in die Luft. Das T schneidet sie entzwei. Er steht gerade, das Kinn leicht erhoben. Er fährt sich durchs blonde Haar, um ihre Aufmerksamkeit darauf zu lenken. Er ist streng zu den Kindern, duldet nicht den geringsten Lärm. Zu ihr aber ist er höflich und galant, ohne sich anzubiedern. Doch er kann sie nicht überzeugen. Am Ende teilt sie ihm mit, wo er demnächst sein werde: in Darmstadt.

J'ai tout de suite rédigé de ma plus belle plume une lettre de démission. – Ich habe sofort in meiner schönsten Schrift einen Abdankungsbrief verfasst, schreibt mein Großvater.

Abdankungsbrief? War es möglich, *einer Abordnung* nicht zu folgen, indem man einen Brief schrieb und erklärte, man wolle lieber Latein, Französisch und Deutsch studieren? Offensichtlich ja. Denn schon bald darauf bezieht Anatole ein Studentenwohnheim in Heidelberg und erhält wegen der angespannten finanziellen Lage seiner Eltern ein

Stipendium des Deutschen Reiches über hundert Reichsmark monatlich. Ein Jahr später wechselt er – *über die Führung ist Nachteiliges nicht bekannt geworden* – an die Reichsuniversität Straßburg, der zweiten Lehreinrichtung, zu der Elsässer und Lothringer von da an Zugang haben.

25

FALSCHER KAFFEE

In Straßburg lernt Anatole Henrietta aus dem Saarland kennen und Suzanne aus Belgien. Mit ihnen spielt er Tennis, fährt Fahrrad, flirtet, geht aus. Suzanne hätte er lieben können, schreibt er, so porzellanhübsch war sie. Aber sein Instinkt hält ihn davon ab, mehr mit ihr zu unternehmen. Sie ist ihm zu neugierig, und er fragt sich, ob sie vielleicht mit der Gestapo kollaboriert. *Je n'ai jamais pu le savoir. – Ich habe es niemals erfahren.*

Bei Henrietta hingegen muss er sich deswegen keine Gedanken machen. Henrietta behauptet von sich, sie sei so bescheiden und ehrlich wie ein Schmetterling. Anatole versteht zwar nicht recht, was genau sie ihm damit sagen möchte, denn Schmetterlinge hält er für eine Plage, er hat in seinem Leben mindestens so viele getötet wie Stubenfliegen. Zu oft haben sie als Raupen zerstört, was seine Eltern und er mühsam angepflanzt hatten. Aber Henrietta hat keine Ahnung von der Landwirtschaft. Und auch nicht davon, dass sich selbst hinter den hübschesten Flügeln Schädlinge verbergen können. Sie sieht das Hässliche nicht, nur das Schöne. Sie sieht ihn. Und sie will ihn. Henrietta macht keinen Hehl daraus, so verschämt wie sie lacht, wenn sie den Ball übers Netz schlägt, damit er ihn ja erwischt und sich einen Punkt holt. Sie ist die bessere Spielerin.

Kräftig scheint die Sonne auf den Tennisplatz, nur einen Katzensprung vom Ufer des Rheins entfernt. Anatole steht am Netz, unterhält sich mit Henrietta. Er trägt weiße Turnschuhe, die am unteren Rand vom Spielrasen grün verfärbt sind. Dazu lange, naturweiße Hosen, von einem dünnen, schwarzen Gürtel gehalten. Aus seiner Hosentasche schaut ein Tennisball heraus, so naturweiß wie die Hose selbst, er wölbt den Stoff. Anatole entgeht Henriettas Blick nicht. Immer wieder sieht sie verstohlen dorthin, während er ihr gerade erzählt, wie er einmal an einem warmen Tag Ende April mit seiner Mutter in den Wald gegangen ist, frische Tannenspitzen pflücken, um Honig daraus zu machen, und dass er dort, mitten auf dem weichen Waldboden, dessen Duft ihm noch wie eine unerfüllte Sehnsucht in der Nase stecke, einen Tennisball gefunden habe, von dem er sich bis heute frage, wie er da hingekommen sei.

Er klemmt sich den Schläger unter den Arm, nimmt nun den Tennisball aus seiner Hose, legt ihn auf dem Platz ab und stellt sich erstaunt vor ihm hin, den Kopf leicht zur Seite geneigt. Henrietta kichert in sich hinein, während er den Ball wieder aufhebt und ihn mit beiden Händen vor seine Brust hält, damit Henrietta sich genau vorstellen kann, wie er ihn nach Hause getragen hat.

Er habe ihn gesäubert und in der Sonne trocknen lassen, sagt er. Doch nichts habe geholfen. Tot sei er gewesen, der Ball. Keine Sprungkraft mehr, wenn er ihn gegen die Hauswand warf, um ihn wieder aufzufangen.

Anatole atmet tief durch, lässt die Melancholie seiner

Erinnerung einen Moment lang wirken. Er weiß, wie sehr Henrietta es mag, wenn er sich ihr gegenüber ein wenig öffnet, wenn er ihr das Gefühl gibt, sie erfahre von ihm, woher er komme und wer er sei. Er glaubt, ihre Zuneigung am nervösen Zucken ihres rechten Lids ablesen zu können. Wenigstens dafür hat sich das Morsezeichenüben bei der Artillerie ausgezahlt. Kurz, kurz, lang, kurz, lang, kurz und so weiter.

Auffällig sind die Zeichen, die sie gibt, zwar nicht, wahrscheinlich merkt Henrietta sie selbst nicht. Aber er, er nimmt sie wahr und auch ihren unausgesprochenen Wunsch, von ihm begehrt zu werden. Der schwebt zwischen ihnen, er könnte schwören, eine unsichtbare Hand schiebe Henrietta immer näher an ihn heran, sobald er etwas von sich preisgibt. Sie berührt auch schon mit ihren Beinen das Netz.

»Schwül ist es«, sagt er da, um einen Schlussstrich unter die Erzählung zu setzen. Mit dem Handgelenk fährt er sich über die verschwitzte Stirn, trocknet den Schweiß am Hosenbein ab, tritt einen Schritt zurück. Das Netz also wieder eine Trennwand und kein Ort der Annäherung. Gerne wäre Henrietta noch ein wenig näher bei ihm gestanden. Auch das verrät ihm das Zucken ihres Lids. »Früher, auf dem Feld meiner Eltern«, sagt Anatole schnell, um sie bei Laune zu halten, er will sie nicht zurückweisen, obwohl er genau das tun wird, »tranken wir immer falschen Kaffee. Pappsüß war der und stark mit Wasser verdünnt, aber genau das Richtige, wenn die Sonne so vom Himmel stach wie heute. Wollen wir einen falschen Kaffee trinken gehen?«

Er schenkt Henrietta ein Lächeln. Und Henrietta lächelt

zurück, während sie mit den Fingern in die Besaitung ihres Schlägers fährt und ein dumpfes Lied anzupft.

»Ich habe etwas für dich«, sagt meine Mutter und reicht mir einen großen, braunen Umschlag. »Darin findest du Briefe meines Vaters, die er während des Zweiten Weltkriegs an seinen besten Freund Cordary geschrieben hat, mit dem er bei den Séminaristes in Metz gewesen war. Und Briefe an die Frau, die er liebte, und die nicht deine Großmutter ist. Sondern Henrietta, Henni, du weißt schon.«

Ich sehe sie an, sie sieht mich an und ich sehe, dass sie weiß, dass ich weiß, dies ist eine Bitte an mich, ihr all das abzunehmen, was sie schon lange mit sich herumträgt und endlich loswerden will. Ich möchte sie umarmen, aber das will sie nicht. In diesem Punkt gleicht mir meine Mutter. Sie mag es nicht, sich schwach zu zeigen, wenn sie es ist.

26

KATZENZUNGEN

Henrietta lernte ich als Henni kennen. Sie war fast immer da, wenn wir meine Großeltern besuchten. Ich mochte diese kleine Frau mit dem gütigen Gesicht sehr gern. Ich wusste nicht, wer sie war und weshalb sie sich so oft bei meinen Großeltern in der Rue de Katzenthal aufhielt, sie lebte eigentlich in Saarbrücken und gehörte nicht zur Familie, so viel wusste ich nämlich schon. Als Mädchen machte ich mir darüber aber keine weiteren Gedanken. Henni war eben Henni, und sie war da, wenn wir da waren. So einfach war das.

Ich schätzte Henni auf etwa so alt wie meine Grand-mi. Sie sah auch aus wie eine Großmutter oder zumindest so, wie ich mir eine Großmutter vorstellte: kurze, weißgraue, gewellte Haare; Falten um den Mund und um die Augen, nicht nur beim Lachen; eine Kette mit einem Medaillon, das zwischen ihrem Busen verschwand und bestimmt den geliebten Mann und die geliebten Kinder verbarg, die es aber gar nicht gab, weder Mann noch Kinder, nur ahnte ich das damals nicht; ein Kleid wie ein Kittel, oft mit Blumenmuster, wadenlang und kaum tailliert; die Halbschuhe bequem und beige; die Bewegungen gemächlich; die Stimme warm und hoch vor Begeisterung, sobald sie feststellte, wie groß wir

Kinder doch geworden waren. Und natürlich, nicht zu vergessen, keine Großmutter ohne Mitbringsel.

Bei Henni wussten meine Geschwister und ich immer, was wir bekamen: eine extra große Packung Katzenzungen, oft das Highlight unseres Besuchs im Elsass. Es lag nicht an der dünn in Form von Löffelbiskuits gegossenen Vollmilchschokolade. Es lag an der Packung selbst, mit der ich mich einen ganzen Nachmittag lang beschäftigen konnte. Sie zeigte fünf getigerte Katzenjungen, allesamt blauäugig. Ich war verliebt in diese Kätzchen, stellte mir vor, wie sie aus der Packung treten und sich an mich schmiegen. Ich versank in ihren nachkolorierten Augen, hörte ihr zartes Schnurren, strich über ihr weiches Fell, gab ihnen Namen, Flöckchen und Stubsi, Nonnosch, Mignonne und Petite Lionne, nahm sie behütend in meinem Pullover auf, den ich hochhob wie das Mädchen aus Grimms Märchen, das die Sterntaler auffängt, die vom Himmel fallen.

Ich weiß nicht, ob Henni sich nach meinem Großvater je wieder auf eine Liebesbeziehung einließ. Ich weiß auch nicht, was meine Grand-mi über diese Frau dachte, die Teil unserer Familie war (so empfand ich es zumindest), ohne ihr anzugehören. Ich weiß nur, dass meine Mutter mich darum bat, vor meiner Grand-mi nicht über Henni zu reden, selbst wenn sie bei meinen Großeltern im Garten saß und unter den Mirabellenbäumen entkoffeinierten Kaffee trank. Henni war ein Tabu. Sie war der real existierende Geist, in gewisser Weise die zweite Großmutter, die zwar alle sahen, auch bedienten – Milch?, Zucker? –, und doch ignorierten.

»Als dein jüngerer Bruder geboren wurde«, sagt meine Mutter, »besuchte Henni uns regelmäßig und immer unangekündigt mit einem kleinen braunen Köfferchen in München. Sie kam, um die Reinkarnation meines Vaters, wie sie fand, in den Armen zu halten und an sich zu drücken – endlich.«

27

ZWEI KREISE

Ich öffne den großen, braunen Umschlag, den meine Mutter mir gegeben hat, hole ein Bündel Briefe daraus hervor. Das Papier ist dünn und vergilbt, als hätte man es in Tee getunkt und dann trocknen lassen. Die Ränder sind porös wie Ahornblätter im Spätherbst. Ich muss aufpassen, dass einzelne Wörter nicht abbrechen und sich zwischen meinen Fingern auflösen.

Die Briefe an Henni sind mit schwarzer Tinte und auf Deutsch geschrieben und riechen nach in Staub gefangener Zeit. Die Feldpostbriefe hingegen sind mit Bleistift verfasst und schwer zu entziffern, hauchdünne Striche. Nur die Nachrichten an Cordary sind abgetippt und gebunden worden. *Wie wir den Krieg erlebt haben* steht auf Französisch auf dem Deckblatt der Sammlung. Es sind stets nur ein paar Zeilen, die sich die beiden Freunde geschrieben haben, dafür über Jahre hinweg.

Immer wieder stoße ich auf Mitteilungen meines Großvaters, die im Widerspruch stehen zu den Aussagen in seinen Mémoires. So wie diese hier, verfasst am 10. Dezember 1939, also zu Beginn seiner Ausbildung zum Offizier in Poitiers, die ihm angeblich so gut gefiel: *La vie militaire m'a pris dans ses rouages. Depuis que je suis ici je suis litérale-*

ment dégoûté de la vie militaire. – Das Soldatenleben hat mich voll im Griff. Seit ich hier bin, bin ich buchstäblich angewidert vom Militär.

Zum ersten Mal werde ich fündig. Ich erhalte Einblicke in seine Gefühlswelt. Sie ermöglichen mir, Grand-papas Erinnerungen in den Mémoires mit jenen Erinnerungen anzureichern, die er zu einem Zeitpunkt notiert hatte, als sie noch nicht lange zurücklagen. Es ist, als fügte ich zwei Erlebniskreise zusammen, die nicht von ein und derselben Person zu stammen scheinen und es doch tun.

28

DER HAHN LÄSST FEDERN

Wenn ich ans Elsass und an Lothringen denke und an den Zweiten Weltkrieg, sehe ich alles so freudlos und schwarzweiß vor mir wie auf den historischen Fotografien, die ich gesichtet habe. Ich sehe, wie die Bevölkerung mit der *Entwelschungskampagne* der Nazis terrorisiert wird, weil sämtliche Spuren des Französischen vernichtet werden sollen. Ich sehe, wie Hauseingänge und Fassaden mit Plakaten tapeziert werden, auf denen der gallische Hahn in den Farben der République mit einem großen Besen verjagt wird. Unter seinen Füßen Bücher französischer Schriftsteller, ein Stahlhelm des französischen Militärs, eine Büste der Marianne und noch anderes. *Hinaus mit dem welschen Plunder!* steht auf dem Plakat geschrieben, und der Hahn ächzt und lässt rote Federn.

Es wird nicht lange dauern, bis der Besitz eines französischen Buchs oder eines Werks in französischer Übersetzung verboten wird. In den Sonnwendfeuern im Elsass von 1941 brennen Hunderttausende französische Seiten.

Ich sehe, wie die Menschen aus dieser Region ihre Namen verlieren, wie sie eine neue Unterschrift einüben müssen. Für die deutschen Vor- und Nachnamen gibt es Dokumente, mit Stempel versehen, natürlich, alles muss seine Ordnung haben. Mein Großvater hat Glück mit seinem Namen. Er verliert nur ein »e« und ein »y«. Aus Anatole wird Anatol. Aus »Frey« wird »Frei«. Wenigstens bleibt die Aussprache gleich. Andere verlieren ihren ganzen Namen. Aus Germaine Bataille wird zum Beispiel Hermine Kampf, aus Gaston Bour wird Rudi Bauer, aus Roger Couvillier Helmut Küfer und aus Yvonne Brune wird entweder Gertrud oder Hannelore oder Johanna Brun.

Ich sehe auch, wie französische Straßenschilder ab- und deutsche aufgehängt werden und wie Denkmäler verschwinden – zerschlagen, geköpft. Ich sehe Kinder, die an dem einen Tag noch auf Französisch in der Schule unterrichtet werden und am anderen Tag diese Sprache vergessen sollen, als hätte es sie nie gegeben. Französisch war in der Öffentlichkeit verboten, die Erlernung der deutschen Sprache wurde zur Pflicht. Ich sehe, wie die Baskenmütze, damals für viele Männer die typische Kopfbedeckung, ganz weit unten im Schrank verschwindet, weil dieses Stück Stoff als Symbol einer Haltung angesehen wird und dazu führen kann, verhaftet zu werden, ebenso wie das Aufbewahren der französischen Flagge. Ich sehe die Spruchbänder in der elsässischen Hauptstadt hängen, die die Rückkehrer aus Südwestfrankreich nach dem Waffenstillstand von 1940 mit Zynismus in ihrer Heimat empfangen: *Das Deutsche Straßburg heißt Euch willkommen*, schwarze Frakturschrift auf weißem Banner. Ich sehe, wie französische Ortschaften verloren gehen und deutsche entstehen. Aus der Gemeinde La Broque, etwa fünfzig Kilometer von Straßburg entfernt, wird Vorbruck, und dort, umringt von Wald und Wald und nochmals Wald, wird am 2. August 1940 unter der Leitung des SS-Hauptsturmführers Karl Buck, der später bei Stuttgart unbehelligt seinen Lebensabend verbringen wird, das Sicherungslager Schirmeck eröffnet, in das so viele geschickt werden – fünfundzwanzigtausend Menschen, so die Schätzung –, um dort umerzogen zu werden oder ihr Leben zu lassen. Ich sehe die meterlangen Hakenkreuzflaggen vor der Reichsuniversität Straßburg hängen, an der mein Großvater studierte und an der politisch zuverlässige Dozenten unterrichteten, darunter, um nur zwei zu nennen, Eugen Haage und Otto Bickenbach, die für ihre monströsen Verbrechen, die Fleckfieber- und Giftgasversuche an Häftlingen im KZ Katzweiler-Struthof, in die Geschichte eingingen. Ich sehe, wie die Hitlerjugend zur Pflicht wird, auch der Bund Deutscher Mädel und der Reichsarbeitsdienst, ich sehe, wie ab August 1942 die Wehrpflicht für alle Elsässer und Lothringer eingeführt wird. Dafür gibt es sogar die deutsche Staatsangehörigkeit. Ohne geht es nicht.

Diese dunkle Zeit passt nicht zu dem Tennisplatz, auf dem mein Großvater ganz in Weiß Bälle schlägt und sich amüsiert. Sie passt auch nicht zum dem *großen, gemütlich eingerichteten Studentenzimmer*, von dem er in seinen Briefen an Henni schwärmt, und davon, dass er, der Langschläfer, es nicht weit zur Uni habe. Sie passt nicht zu seinen Theaterbesuchen und den abendlichen Spaziergängen, um *die Töchter des Landes zu betrachten*. Sie passt nicht zu seinem Bedauern, keine Eintrittskarten mehr für Wagners Walküre ergattert zu haben oder für Strauss' Wiener Blut. Sie passt nicht zu der Zigarette, die er sich in einer besonders schwarzen Nacht nach dem Abendessen in einem *angenehmen Restaurant* angezündet hat, um einem eventuellen

Zusammenstoß mit Passanten abzuhelfen. *Rückstrahler nach vorn, neueste Entdeckung von mir, was sagst Du dazu?*, schreibt er launig an die Frau, die uns später mit Katzenzungen verwöhnte und deren Wunsch nach einer ernst zu nehmenden und offiziell gelebten Beziehung er unter großem Bedauern zurückweisen müsse wegen seiner *persönlichen inneren Haltung als Lothringer. Ich glaube mich nicht deutlicher ausdrücken zu brauchen, um meine Haltung Dir verständlich zu machen! Dein Photo aber steht nach wie zuvor auf meinem Tisch, und ich werde seinen Platz auch nicht ändern, es sei denn, Du wünschst es ausdrücklich!*

Persönliche innere Haltung als Lothringer? Was soll das bedeuten? Und wieso, wenn seine Haltung eindeutig war, verbrachte er dann weiterhin Tage, Nächte, Urlaube mit dieser Frau und schickte ihr Briefe, in denen er sie an sein Innerstes heranließ? Es sind Briefe, die die Hoffnung auf eine mögliche offizielle Beziehung nähren. Briefe voller Gefühle. Briefe voller Einsichten. Briefe voller Bewunderung und Komplimente. Briefe voll festgehaltener Gemeinsamkeiten. Briefe wie Bonbons, alles könnte so schön sein, wenn da nicht seine Haltung als Lothringer wäre, über die ich nur spekulieren kann, was sie bedeutete: niemals eine Ehe mit einer Deutschen in Erwägung zu ziehen, egal wie groß die Liebe auch ist.

Vielleicht war das der Grund, weshalb mein Großvater meiner Mutter nie vergab, dass sie meinen Vater, den Deutschen, geheiratet hat. Anders als er war meine Mutter ihrem Herzen gefolgt. Das war für ihn undenkbar gewesen. *Ich selbst und vor allem meine Eltern*, schreibt er an einer Stelle in seinen Mémoires, *haben derart unter den Deutschen in den Jahren 1939 bis 1945 gelitten, dass kein Vergessen und kein Verzeihen möglich ist.*

»Mein Vater hat seine Haltung mehr geliebt als sich selbst«, sagt meine Mutter. »Und was heißt eigentlich, unter den Deutschen gelitten? Studiert hat er, und dafür auch noch ein Stipendium des Deutschen Reiches angenommen. Und Tennis gespielt hat er. Und sich verliebt. Klingt nicht so, als habe er in dieser Zeit so sehr gelitten, dass er mir meine Gefühle für deinen Vater derart übel nehmen musste.«

29

JEDEN, ABER KEINEN

Übers Wochenende fahre ich zu meinen Eltern. Sie wollen Zeit mit den Kindern verbringen, und die Kinder Zeit mit ihnen. Das trifft sich gut. Es gefällt mir zu sehen, wie glücklich sie miteinander sind, wie sie nach einander verlangen. Sie haben ein ganz eigenes Verhältnis, beinahe losgelöst von mir, zu dem ich nichts weiter beitrage als die Möglichkeit, dass sie es haben können. Es klingt einfach, doch das ist es nicht. Es bedarf einer Entscheidung, die eigenen Dissonanzen mit den Eltern so weit zu dämpfen, dass sie die Kinder nicht streifen, ja, dass sie nicht einmal mehr in der Luft schwingen. Denn Kinder werden bekanntlich von Schwingungen angezogen und reagieren sofort auf sie. Und so halte ich mich dazu an, meinen Kindern das zu bieten, was mir verwehrt wurde: eine unbelastete Beziehung mit meinen Großeltern zu führen.

Grand-papas Mémoires habe ich im Gepäck. Seitdem ich angefangen habe, sie zu lesen, nehme ich sie jedes Mal mit zu meinen Eltern. Weil ich Fragen habe und hoffe, sie mit Hilfe meiner Mutter klären zu können. Immer wieder gibt es Stellen in den Lebenserinnerungen, die ich nicht richtig verstehe. Dabei ist es weniger eine Frage des Sprachverständnisses als eine Frage meines Vorwissens, vielleicht auch meiner Vorverurteilung. Das Bild, das ich von meinem Großvater im Kopf habe, dieses Bild eines emotional Unnahbaren, der meiner Mutter eine tiefgreifende Minderwertigkeit anerzog, indem er ihr jene Anerkennung vorenthielt, nach der sie sich verzehrte, verleitet mich dazu, seine Zeilen in eine ganz bestimmte Richtung zu interpretieren. Ich dichte mehr Kühle und Härte in sie hinein, als sie hergeben. Vor allem in die Szenen, die ich schon vorab von meiner Mutter erzählt bekommen habe und die mein Großvater in seinen Mémoires selbst beschreibt. Zum Beispiel als er erfährt, dass meine Mutter meinen Vater kennengelernt hat und ernste Absichten mit ihm verfolgt. Mein Großvater notiert, er habe deswegen mit meiner Mutter eine Auseinandersetzung gehabt, doch sie habe seine Argumente, der Krieg liege noch nicht lange genug zurück, um einen Deutschen in der Familie ertragen zu können, nicht verstanden. Am Ende habe er dennoch eingelenkt, um einen *brouille définitive* zu vermeiden.

Ich möchte mehr über diese Auseinandersetzung erfahren und über sein Einlenken, damit es nicht zum endgültigen Bruch kam. Und wie Grand-mi meine Mutter unterstützt hatte. Immerhin hält mein Großvater fest, sie habe der Liaison ihrer Tochter mit einem Deutschen *favorablement* gegenübergestanden. Diesen Part hatte meine Mutter in ihren Erzählungen allerdings immer ausgelassen.

Meine Mutter hebt die Schultern. »Frag lieber mal deinen Vater danach.« Dann ruft sie die Kinder. Es geht raus auf den Spielplatz, die Handtasche voller Süßkram, den ich an guten Tagen als das Großelternprivileg bezeichne und an schlechten als Konditionierungsfutter, um sich die Zuneigung der Kleinen auf ungesunde Weise zu sichern.

Ich nehme am Esstisch Platz, kaum dass meine Mutter mit den Kindern fort ist. Mein Vater sitzt mir gegenüber, einen Espresso in der Hand und wie meistens über die Zeitung gebeugt. Er liest sie von der ersten bis zur letzten Seite, schon immer. Er liest selbst das, was ihn eigentlich nicht interessiert. Filmkritiken zum Beispiel. Mein Vater schaut nicht fern, er geht auch nicht ins Kino, da schläft er ein. Über der Zeitung schläft er nie ein. Stundenlang versinkt er in ihr, schneidet Artikel aus, die ihm wichtig erscheinen, um sie mir zu geben, am Rand mit meinem Namen versehen.

Als Kind sah ich von meinem Vater oft nur einen Teil der Stirn, eingefasst von seinem dichten schwarzen Haar. Der Rest wurde von der Zeitung verdeckt wie von einer großen Leinwand, auf der überwiegend Männer zu sehen waren, Politiker in dunklen Anzügen.

Das Haar meines Vaters ist inzwischen weiß. Inzwischen hält er die Zeitung auch nicht mehr in den Händen, er legt sie auf dem Tisch ab. Inzwischen werden auch Frauen in der Zeitung abgebildet, sogar auf der Seite eins. Und inzwischen sind die Bilder bunt. Allein der süßlich-tintige Duft des Papiers ist geblieben, den ich automatisch mit dem von schwarzem Kaffee zusammenbringe. Es ist ein eigentümlicher Geruch nach Morgen und Bedeutung. Es ist aber auch der Geruch nach Vergehendem. Denn die Zeitung auf Papier wird verschwinden. Mein Vater irgendwann auch.

Obwohl es Winter ist, ist seine Haut braun gebrannt. Das bisschen Sonne, das in den vergangenen Tagen die Vorfreude auf den Frühling verstärkt hat, reicht bei ihm für einen Urlaubsteint aus. Säße mein Vater mit seiner Zeitung und einem Pastis an einem kleinen, runden, weinrotem Tisch vor einer Bar irgendwo in der Provinz um Toulouse oder Marseille, man würde ihn für einen der Alteingesessenen halten, der jeden Tag mit Yves, Grégoire oder Baptiste am Place du 8 Mai Pétanque spielt.

Mein Vater lernte meine Mutter auf einem Fest kennen, auf das er eigentlich wegen einer anderen Frau gegangen war. Er trug ein grün-rot kariertes Wanderhemd und wusste sofort, als ihn die Französin mit dem Kurzhaarschnitt darauf ansprach, ob er die Berge etwa genauso liebe wie sie, sie würde seine Zukünftige sein.

Als meine Mutter ihn bald darauf ihrem Vater vorstellte, machte sich mein Vater fein. Er lieh sich Krawatte und Anzug, kämmte sich die Locken und den Bart.

Es half ihm nicht, dass er sich zurechtgemacht hatte. Und auch nicht, dass er aussah wie einer aus der Bourgogne oder wie ein Bretone. »Dein Grand-papa«, erklärt mein Vater, »nahm mich damals beiseite und sagte in akzentfreiem Deutsch: *Meine Tochter hätte jeden mitbringen können, einen Schwarzen, einen Gelben, einen Roten, einen Juden. Aber keinen Deutschen.*«

30

DAS KAMEL

Sommer 1943, die Semesterferien beginnen, und Anatol steht der Studenteneinsatz bevor. Noch weiß er nicht, was seine Aufgabe sein wird. Er kennt nur den Befehl, in den Osten zu reisen und sich von Juli bis Oktober im Wartheland dem Verein für Zeitgeschichte zur Verfügung zu stellen.

Henni ist die Erste, die er darüber informiert. Vorsichtig neugierig zu Beginn: *Ich hoffe, wenigstens Gelegenheit zu bekommen, Land und Leute dieses von uns Lothringern so verschiedenen Menschenschlages kennen zu lernen!* Entschieden kraftvoller dann, je näher der Einsatz heranrückt: *Vierundzwanzig Jahre alt bin ich und fühle in mir einen sehnsüchtigen Arbeitsdrang, auch mal selbst mit den Dingen des Lebens fertig zu werden.* Er hatte immer geglaubt, mit vierundzwanzig sei er schon ein Jemand, einer, der sein eigenes Geld verdient, der etwas darstellt in der Gesellschaft. Doch nichts davon hat er erreicht. Ein Student ist er, ohne Abschluss, ein Mann, der nicht für sich allein sorgen kann, geschweige denn für jemanden anderen, für Frau und Kinder. Er weiß, ihm wird auf dieser Reise *manch rauher Ostwind noch unsanft in den Locken wirbeln; manch Illusionen, vielleicht auch manche Ideale werden zu Grunde gehen. Doch ich kenne ja das Leben und sehe den Schwierigkeiten fest ins Auge.* So fest, dass er sich dazu entschließt, Henni vor Antritt seiner Reise unter keinen Umständen noch einmal zu treffen, sondern ihr lieber vorsorglich einen Abschiedsbrief zu schreiben. Denn sicher ist er sich nicht, ob er je zurückkehren wird. Er hat schon oft gehört, dass manch einer plötzlich als verschwunden galt. *So unverhofft sich unsere Wege einst gekriegt haben, so löst sich nun wieder dieses Band. Wenn die Erinnerung Dich manchmal traurig stimmen sollte, so überlass alles der Zeit, die mit ihrer mütterlichen Hand all unsere Wunden, körperlicher oder seelischer Art, zu heilen versteht. Sei nun noch einmal, liebe Henni, zum Schluß recht herzlich gegrüßt. Durch die Weite des Raumes hindurch drücke ich Dir Deine kleinen Hände und meine Lippen rufen Dir leise und auf immer: Lebwohl!*

Es ist heiß in seinem Studentenzimmer. Anatol lässt die Jalousien herunter. Er muss packen, bald geht es los, über Berlin zu seinem ersten Einsatzort nach Posen, tausend Kilometer von Straßburg entfernt, zwei Tagesreisen mit dem Zug. Zu späterer Stunde, wenn die Sonne weniger sticht, will er in den Park gehen, sich die Beine vertreten, das würde ihn ablenken. Seine Tasche liegt schon bereit. Aber die Kleidung fehlt und was er sonst noch braucht. Er holt das Rasierbesteck, einen Kamm, seinen Füller, Schreibpapier, breitet alles auf dem Bett aus, um den Überblick zu haben. Da klopft es an der Tür. Die Störung kommt ihm gar nicht gelegen. Es ist schon schwer genug, bei dieser lähmenden Schwüle seine Abreise vorzubereiten. Dennoch wirft er einen Blick durch den Spion. Ein junger Mann steht im

Flur, sagt, er habe eine Lieferung für ihn. Anatol wundert sich. Was kann das sein? Er öffnet die Tür einen Spalt, der Bote überreicht ihm ein kleines Päckchen, kein Absender, aber die Schrift, mit der sein Name geschrieben worden ist, erkennt er sofort. Von Henni.

Schnell entfernt er das Papier, hält nun eine Blechdose in der Hand, nicht viel größer als ein Briefumschlag. Er hebt den Deckel an und schaut auf ein gehäkeltes Kamel, das ihn belustigt und listig zugleich aus einem bernsteinfarbenen Ösenknopf beäugt. Anatol lacht auf, das heißt: etwas in ihm lacht auf und entkommt als ein Schnappen seinen Lippen. Und doch ist da nicht nur Freude und Rührung, sondern auch diese unerträgliche Schwere, die schon seit Tagen an ihm klebt wie Fieberschweiß. Er nimmt das Tier aus der Blechdose, drückt die Nase an seinen Hals, riecht an der Wolle, die nach Schaf duftet und damit für ihn nach Arbeit und Geborgenheit. Er schließt die Augen, saugt den ihm vertrauten Geruch ein.

Das Kamel ist mit zwei Nachrichten beladen. Die erste steckt mit Hilfe einer Nadel am vorderen Höcker. Eine zweite Nachricht am hinteren. Anatol entrollt zuerst die vordere, liest: *Im Krieg wie in der Liebe, um ein Ende zu finden, muß man sich von Angesicht zu Angesicht begegnen. Das solltest Du als Lothringer wißen. Und auch, daß so leicht Du es Dir nicht machen kannst.* Wieder lacht etwas in ihm auf. Wie er ihren Humor mag. Ihre Klugheit. Einfach Napoléon zu zitieren. Sie ist nicht auf den Mund gefallen, seine Henni, lässt sich so schnell nichts vormachen. Das imponiert ihm. Hat ihm schon immer an ihr imponiert. Nun entfernt er dem Tier auch die hintere Nachricht: *Möge Dich dieses Trampeltier beschützen und heil zurückbringen, Du mein Kamel!* Jetzt kann er nicht mehr an sich halten. Die Tränen kommen ihm ungewollt, und das Kamel füllt seine Wasserspeicher. Für vier Monate werden sie reichen.

Seit die Briefe meines Großvaters an Henni in meinem Besitz sind, weiß ich, dass sie ihn liebevoll *mein Kamel* nannte und dass er es mochte, so von ihr bezeichnet zu werden. Vor allem mochte er es, wie sie seinen Kosenamen aussprach. Er schrieb ihren Klang in Musiknoten auf selbst gezogenen Linien mit Violinschlüssel auf: *Es klingt mir oft in den Ohren, das liebliche* 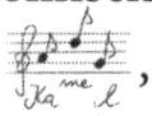

, welches ich zum ersten Mal auf dem Tennisplatz vernahm. Alles schöne Erinnerungen vergangener Zeit!

31

STUDENTENEINSATZ

Über mehrere Seiten in den Mémoires stehen, sorgfältig aufgelistet, jede Menge Daten, wo in Polen sich Anatol wann und wie lange aufgehalten hat. Doch ich erfahre nichts darüber, was genau er in den jeweiligen Ortschaften tun musste oder wo er schlief, was er aß, ob er allein war oder ob ihm, wovon er ausging, tatsächlich ein *rauher Ostwind* entgegenblies. Ich erfahre auch nichts über Einheimische, die er vielleicht kennengelernt hat, genauso wenig wie über verloren gegangene Illusionen und Ideale oder eben nicht verloren gegangene Illusionen und Ideale. Und gibt es eine Information, die mehr verrät als Ankunft und Abfahrt, dann ist diese kurz gehalten und wenig aufschlussreich. Doch wenn ich auf einer Landkarte mit einem Stift all die Stationen nachfahre, die Anatol akribisch festgehalten hat, als würde allein mit der Nennung der Ortschaften alles gesagt sein, was gesagt werden müsste, dann lässt sich anhand des Wirrwarrs der Linien zumindest eines erkennen: die Rastlosigkeit seines Einsatzes. Posen (Poznań), Sensenhof (Kościanki), Wreschen (Września), Dietrichsfelde (Chwalibogowo), Posen (Poznań), Wreschen (Września), Krotoschin (Krotoszyn), Legelsdorf (Ogiernicze), Posen (Poznań), Koppelstädt (Kobylin), Breslau (Wroclaw), Krotoschin (Krotoszyn), Jarotschin (Jarocin), Ostrowo (Ostrów Wielkopolski), Pleschen (Pleszew), Altbaren (Gmina Żelazków), Kalisch (Kalisz), Turek, Linden (Chocim), Karnau (Kawęczyn), Mühlatschütz (Miłocice), Primsdorf (Prynowo), Posen (Poznán) …

Anatol läuft in dieser Zeit stets hinter jemandem her. Mal dem Kreisbauernführer, mal dem Kreisgeschäftsführer, Kreisleiter, Kreislandwirt oder Ortskommissar. Irgendwer von denen sagt immer an, was als Nächstes ansteht. Meistens anti-deutsche Literatur in den Bibliotheken *sichten*, wobei er den Kreisbauernführer, Kreisgeschäftsführer, Kreisleiter, Kreislandwirt oder Ortskommissar oft auch nur irgendwohin begleiten soll, zum Beispiel auf einen riesigen, viertausend Hektar großen und von einem Kanadier geführten Wildhof mit achtundsiebzig Pferden, zweihundertfünfzig Angestellten und siebenhundert Litern Kuhmilch am Tag. Oder in ein Landjahrlager, wo er von einer o-beinigen Aufseherin leckeren Tee serviert bekommt. Oder zu einer *manifestation de la NSDAP* in der Aula einer Universität, in der ein Propagandaleiter in seiner Rede die germanische Treue mit der von den Christen vor zweitausend Jahren gepredigten Liebe vergleicht.

An einem milden Abend allerdings gibt es ein Fest, eine Soirée, auf dem Landsitz Großgolden, auf dem der baltische Graf von Rosskul mit seiner Frau Agata und seiner Tochter Hilda lebt, deren Rehaugen und *nez aristocratique* Anatol im Gedächtnis geblieben sind. Vor allem die aristokratische Nase der Hausherrin des Landsitzes. Wenn Anatol es nicht besser wüsste, würde er behaupten, sie müsste die Zwillingsschwester von Madame B. aus Saint-Christophe sein. Diese Ähnlichkeit ist verblüffend, erschreckend gar. Anatol kann nicht anders, als immer wieder zu dieser Frau aufzusehen, die oben auf der Veranda zwischen ihrer Tochter und ihrem Mann steht und durchaus mitbekommt, dass Anatol sie und nicht die Tochter anglotzt, obwohl diese mit ihrem schneeweißen Polarfuchskollier über der Schulter weitaus mehr Aufhebens um sich machen will als ihre Mutter, die ein samtschwarzes, hochgeschlossenes Abendkleid wie aus dem vergangenen Jahrhundert trägt.

Die Hausherrin mustert Anatol, wie Madame B. ihn gemustert hat, von Kopf bis Fuß und wieder zurück, ein Lächeln auf den Lippen, das sich nicht direkt an den Mundwinkeln zeigt, sondern in ihrem begierigen Blick, *déjà vu*. Auch Tochter Hilda bemerkt diesen Blick, folgt ihm durch das schmiedeeiserne Geländer der Veranda und trifft auf Anatols helle Augen, woraufhin sie ihrem Vater am Ärmel zupft wie ein kleines Kind, das vor etwas Angst hat, es aber nicht laut aussprechen kann. Sie sagt auch tatsächlich nichts, sondern lenkt nur den Fuchskopf in Anatols Richtung, was ausreicht – vielleicht ist es ein geheimes Zeichen zwischen Vater und Tochter –, denn sofort dreht der Graf sich zu Anatol um und starrt ihn jetzt mindestens so ungläubig an wie Anatol zuvor dessen Frau.

Anatol senkt den Blick. Er will keinen Ärger bekommen. Er ist nur hier, weil er von einem der Kreisirgendetwasführer dafür eingeteilt worden ist, die Türen der vorfahrenden Limousinen zu öffnen, aus denen ein hochrangiger Gast nach dem anderen steigt. Hoch fliegen die rechten Arme, und so mancher Fuchs wird trotz des milden Abends ausgeführt, wenn das so weitergeht, tummelt sich auf dem Landsitz bald ein richtiges Rudel, das immer wieder von glänzend behandschuhten Fingern gestreichelt wird.

Die meisten Gäste kommen aus Berlin und Köln, das hat man ihm gesagt, und Anatol ist dankbar, dass gerade jetzt, da der Graf ihn ins Visier genommen hat, wieder ein Wagen vorfährt. So hat er etwas zu tun und entkommt womöglich der Verlegenheit, erklären zu müssen, weshalb er die Frau des Gastgebers fixiert hat.

Doch es ist zu spät. Der Graf, ein groß gewachsener, breiter Mann mit auffälligem Schnurrbart, der trotzdem nicht von seinen wachsamen Augen ablenkt, die hinter jedem Busch und jeder Ecke eine Gefahr zu wittern scheinen, hat sich bereits in Bewegung gesetzt, steuert jetzt gezielt auf Anatol zu. Anatol hofft, er bilde sich das nur ein, und der zackige Gang des Grafen habe nichts mit ihm zu tun, sondern mit dem SS-Offizier und Ehemann der Tochter Hilda, der gerade aus der Limousine steigt und mit Verve die Hacken zusammenschlägt. Andererseits würde es ihm vielleicht schon gefallen, inmitten dieser erlesenen Gesellschaft gesehen zu werden. Es ist ja nicht so, dass er nichts von Madame B. gelernt hat in Paris: sich angemessen zu unterhalten; an den wichtigen Stellen zu lachen; das richtige Besteck richtig zu halten; so am Glas zu nippen, als küsste man die Hand einer Frau. Er könnte gut und gerne noch einmal vorweisen, was er draufhat, und bei der Gelegenheit der Frau des Grafen die Ehre erweisen, nach der sie sucht, ihr begieriger Blick, wie gesagt, *déja vu.*

Anatol drückt den Rücken durch, wie er es bei Madame B. gesehen hat. Haltung bewahren. Nur keine Angst und keine Schwäche zeigen. Er hebt das Kinn. Die Augen fest auf den

Grafen gerichtet – der an ihm vorbeigeht, ohne ihn wahrzunehmen. Anatol sieht nur noch dessen breiten Rücken und wie er sich zum SS-Offizier und Ehemann der Tochter Hilda vorbeugt. Sie stecken die Köpfe zusammen, sind sofort in ein geheimes oder zumindest wichtig wirkendes Gespräch vertieft, das sie erst beenden, als sie gemeinsam auf der Veranda stehen und sich zu den Damen gesellen, die beide gerade nach einem der mit Perlwein befüllten Kristallgläser greifen, die auf Tabletts serviert werden, so silbern und so rund wie der hoch am Himmel stehende Mond.

Später, nachdem alle Limousinen nebeneinander wie frisch lackierte Knobelbecher auf dem mit Kies gefüllten Vorplatz stehen, tritt Anatol an die hohen Fenster des Landsitzes heran, hinter denen das warme Licht auf all das funkelnde Geschmeide trifft und auf all die vielen Abzeichen und Orden, die sich im Takt der Musik drehen.

32

DURCHGERUTSCHT

Es ist zugig am Bahnsteig von Metz. Windohrfeigen röten Anatols Wangen. Er klappt den Kragen hoch, zieht den Kopf ein, starrt auf die dampfenden Gleise. Er muss es seinen Eltern sagen: ihr Sohn, demnächst ein deutscher Soldat.

Seit gerade mal zwei Tagen, es ist Anfang November 1943, ist er wieder zurück aus Polen und war schon auf dem Wehrbezirkskommando, um sein Anliegen vorzutragen, sich für das Examen im Frühjahr 1944 anmelden zu dürfen. Am Wehrbezirkskommando in Metz kam niemand vorbei.

Der Hauptmann dort brüllte erst ihn an, dann die Vorzimmerdame. Weshalb ist dieser Mann nicht längst bei der Wehrmacht? Sofort ging das große Wühlen in einem Stapel von Dokumenten los, und dann die kleinlaute Antwort: durchgerutscht. Aber nur, weil er sich zwischen zwei Mappen versteckt habe. Fast wie ein Fahnenflüchtiger!

Erstaunt ist Anatol nicht, dass er eingezogen wird, aber *fort déprimé*. Schon vor einem Jahr, als er seinen Rüstungseinsatz in der ehemaligen, von der deutschen Luftwaffe zum Feldbekleidungsamt umfunktionierten Schuhfabrik

Bata in Mulsach absolvieren musste, hatte er dort von den Studenten erfahren, dass es bald für eine gewisse Altersklasse von Lothringern kein Entkommen mehr geben werde. Die Verordnung über die Wehrpflicht werde kommen, damit müsse man rechnen. Denn kaum ein Elsässer, kaum ein Lothringer habe sich trotz all der Aufrufe und Propagandaplakate freiwillig zur Front gemeldet. Also würden sie gezwungen werden.

Seine Eltern werden bestürzt sein, das weiß er. Deswegen will er eigentlich gar nicht zu ihnen fahren. Will nicht sehen, wie es sie quält, dass ihr einziger Sohn in den Krieg ziehen muss, und dann auch noch auf der falschen Seite. Sie hatten schon Angst um ihn gehabt, als er bei der Artillerie in Poitiers gewesen war, noch vor Ausbruch des Krieges. *Wär er doch nur Farrer woart.*

Seit Monaten hat Anatol sie nun nicht mehr gesehen. Und bald wird er schon wieder weg sein und vielleicht nicht mehr wiederkommen, so wie sein Cousin R., der eben erst an der Ostfront gefallen ist, oder wie sein Cousin E., der als vermisst gilt. Das weiß er von seiner Mutter, die ihm immer wieder Nachrichten geschickt hat. Jede Einzelne war eine Klage gewesen. Es gehe ihnen nicht gut. Ständig müssten sie in Machern bei Wich umziehen, weil es nirgends Platz für sie gebe. Aber nach Kapellenhof heimkehren gehe auch nicht, nicht erlaubt. Und sein Vater sei ständig krank. Chronischer Husten.

Anatol hält dieses Leid nicht aus. Es bereitet ihm ein schlechtes Gewissen. Er hätte mehr für seine Eltern da sein können. Hatte sich aber dagegen entschieden. Lieber wäre es ihm, ihre Situation nicht sehen und sie auch nicht ertragen zu müssen. Doch es geht nicht anders. Er muss zu ihnen. Es sie wissen lassen. Daran führt kein Weg vorbei.

Gersande öffnet die Tür. Blass und mit knittrigem Gesicht steht sie vor ihm, die Augen in Höhlen, kaum wiederzuerkennen, wäre da nicht der Rosenkranz, der zu ihren Fingern gehört wie zu seinem Vater das halbe Bein. Anatol folgt seiner Mutter in das Zimmer, in dem sie gerade leben, karg und kalt, nicht ungewöhnlich, Anatol kennt ihr Leben nur so. Ob in Kapellenhof oder in Saint-Christophe. Mehr als Tisch, Stuhl, Bett und das Nötigste zum Kochen hatten sie nie gehabt. Doch diesmal ist es anders. Das Karge ist nicht einfach nur einfach, es ist trostlos. Die Luft, so kommt es ihm vor, dünn, fast zu wenig zum Atmen.

Sein Vater sitzt auf einem Stuhl, die Prothese über die Knie gelegt, die er kurz anhebt, um ihn zu begrüßen, ein Funken Hoffnung in den Augen, oder ist es nur die kleine Flamme in dem kleinen Ofen, die sich in ihnen widerspiegelt?

Anatol setzt sich an den Tisch, sagt: Ich erwarte sehr bald meinen Stellungsbefehl. Nicht viele Worte machen, so hat er es von ihnen gelernt. Er war sich sicher, seine Mutter würde zumindest ein paar Fragen an ihn haben. Wohin? Wie lange? Doch seine Mutter sagt nichts. Sie öffnet nicht einmal den Mund, dreht auch keine Perlen zwischen den Fingern. Sie sitzt einfach nur da, die Hände im Schoß, und schaut aus ihren Höhlenaugen in den Raum, dem die Abenddämmerung allmählich das Licht entzieht. Sein Vater hingegen nimmt die Prothese von seinem Knie und wirft sie in die Ecke, wo sie gegen die Wand knallt und krachend zu Boden fällt.

Anatol hat ihn noch nie so kraftvoll erlebt. Er steht auf. Hebt die Prothese vom Boden auf. Bringt sie seinem Vater zurück. Dann verabschiedet er sich von ihnen und hält, kaum steht er draußen auf der Straße, dem Wind seine Wangen hin, damit er sie nur richtig treffe.

33

AUF DEN KOPF GESTELLT

Wladimir Putin hat in der Nacht die Ukraine angegriffen.

Ich konnte mir nicht vorstellen, dass es je so weit kommen würde. Seit Wochen klebte ich am Radio, hörte Politsendungen, in denen Experten und Expertinnen darüber debattierten, was die russischen Truppenbewegungen an der Grenze zur Ukraine zu bedeuten hätten. Es tat mir gut, Menschen zuzuhören, die vermeintlich Ahnung haben von Russland, von Putin und der Ukraine. Niemand glaubte an eine Invasion. Alle interpretierten die Szenarien an der ukrainischen Grenze als Drohgebärden eines Mannes, der sich aufspielt. Es war beruhigend, die beschwichtigenden Stimmen zu hören, sie nahmen mir die Angst, die aufkam, wenn ich die Bilder der Panzerformationen in den Nachrichten sah.

»Die Existenz großer und unersetzlicher Dinge in unserer Welt ist bedroht durch diese Barbaren, die nicht wissen, was sie tun, und die nicht begreifen, daß der Sieg eines Teils von Europa über den anderen Europa zum Hauptverlierer macht. Menschliche Solidarität zeigt sich darin, daß Eroberungskriege niemals gewonnen werden können; sie müssen ewig und tragisch verloren werden, und zwar von allen.« Das schreibt der Schriftsteller Julien Green 1942 in

Bezug auf Deutschland und Frankreich. Und mein Großvater zitiert ihn in seinen Mémoires an der Stelle, kurz bevor er die deutsche Uniform anzieht. Greens Worte, die zu seinen werden, zeugen von einer traurigen Aktualität, die für mich bis gestern undenkbar gewesen ist.

Der Krieg, in den mein Großvater nach seinem Vorsprechen auf dem Wehrbezirkskommando geschickt wird, war weit weg von mir, und Wehrbezirkskommandos, Stellungsbefehle und Wehrmacht nur museale Bilder in meinem Kopf. Krieg würde es bei uns in Europa nicht mehr geben, da war ich mir, wie so viele, sicher.

Heute ist der Krieg, in den Anatol hineingeriet, auch wenn er nicht mit dem Angriff auf die Ukraine zu vergleichen ist, auf einmal präsent. Wenn ich mich jetzt neben meinen Großvater stelle, dann trägt er weder die französische noch die deutsche Uniform, dafür Jeans und Hoodie, wie die vielen jungen Männer, die sich gerade bereit machen, ihr Land zu verteidigen.

In der Ferne heult eine Sirene auf. Anatol zieht die Kapuze über, wartet, bis das Geheul abebbt. Dann schaut er auf. So wie ich. Vor meinem Fenster beginnt es in großen Flocken zu schneien. Es sieht aus, als fielen sie nicht von oben herab, sondern als stiegen sie auf. Ich frage mich, wie es wäre, wenn ich mich jetzt auf den Kopf stellte, ob die Flocken dann wieder nach unten fallen oder ob ich das Grau des Himmels als Straße sehen würde.

34

AQUAVIT

17. November 1943: Stellungsbefehl für die Kriegsmarine nach Leba.

Wieder liegt die Landkarte vor mir auf dem Tisch. Sie ragt an ihren Rändern ein wenig über die Tischkante hinaus. Ich nehme ein langes Lineal in die Hand, führe die eine Seite zu dem schwarzen Punkt, der Straßburg markiert, die andere auf den kleinen von Leba, so, wie mein Großvater es getan hat, kurz bevor er abfuhr. Etwa eintausendzweihundert Kilometer weit weg liegt die Stadt an der baltischen Küste in Pommern. Vor ihr die Ostsee.

Drei Tage dauert die Reise dorthin. Am Ende ist Anatol erleichtert, endlich im Lager angekommen zu sein. Er hat genug von langen Zugfahrten.

Er setzt sich aufs Feldbett, blickt durch den Raum voller Feldbetten und Männer aus seiner Region. Die Luft ist klamm, feucht. Die Gesichter sind müde. Wenigstens ist der Herd angeschaltet, auch wenn nichts auf ihm köchelt. Er ist die einzige wärmende Quelle und dringend nötig Ende November. Ein paar seiner Kameraden stehen schon davor, reiben sich über der Herdplatte die Hände.

Jeden Morgen geht es früh raus vor die Baracken in einen zugigen Raum, in dem die Duschen sind und ein paar

Waschbecken. Dort müssen sie *Leibesübungen* machen, ein Wort, das in einem Brief an Henni eingekreist ist. Sie sind Teil der Grundausbildung unter der Führung eines Maats, der sie piesackt, *Franzosenpack.* Auch um dieses Wort hat er einen Kreis gezogen.

Anatols Haut ist bleich, besonders im trüben Novemberlicht. Er ist drahtig, hat es nicht nötig, den Bauch anzuspannen wie ein paar seiner Kameraden, die ihm gegenüberstehen mit hochrotem Kopf. Vor allem Claude, der jetzt Klaus heißt, tut sich schwer. Nicht nur mit den Liegestützen, sondern mit allem, der Angst wegen. Er will nicht aufs Meer. Es ist ihm zu weit. Zu dunkel. Zu tief. Zu fremd. Anatol kennt Klaus noch von der Ausbildung in Poitiers. Auch Alphonse, der jetzt Alfons heißt. Die Welt ein Dorf, vor allem unter Lothringern. Mit ihnen war er geritten, hatte die Canon de 75 bedient. Damals waren seine Kameraden bereit gewesen für einen Krieg, so wie auch er. Doch jetzt wollen Klaus und Alfons nur noch heim aufs Weizenfeld oder in den Schweinestall oder an die Hobelbank, ganz egal, bloß weg von hier und raus aus der blauen Uniform mit den glatten Knöpfen, die sie zu Deutschen macht, die sie nicht sind und auch nicht sein wollen.

Anatol will auch nicht aufs Meer, sondern zurück an seinen Schreibtisch, zu den vielen Büchern und zu Henni, die ihm fehlt, er schreibt ihr fast jeden Tag. Doch die Uniform *bleu marine* gefällt ihm. Schick ist sie, das muss er zugeben, und sie steht ihm gut, vor allem die Farbe, passend zu seinen Augen. Er streicht den Stoff an den Armen glatt, zählt die Knöpfe. Zehn Stück. Wie viele Knöpfe hatte die Uniform der französischen Artillerie noch einmal? Er weiß es nicht mehr. Nur dass der Stoff sich wolliger angefühlt hatte.

An einem Abend Ende Februar fließt viel Aquavit. Auch dem Maat, dem sie immer wieder nachschenken, schmeckt der Schnaps. Der Maat ist in etwa so alt wie sie, Mitte zwanzig. Er hat ein schiefes Lächeln und eine gerade Nase und ist überzeugt vom deutschen Sieg. Er liebt Musik, pfeift oft, nicht nur nach ihnen, dem *Franzosenpack*. Der Maat singt, der Maat torkelt, der Maat fällt hin, der Maat lallt, der Maat lacht, der Maat schließt die Augen, der Maat schläft auf der Stelle ein. Jetzt haben sie ihn in der Hand. Sie rütteln an seiner Schulter, nichts, einer schlägt ihm ins Gesicht, vielleicht wacht er dann wieder auf? Aber nein, oh nein. Also drehen sie ihn auf die Seite, er hustet, er spuckt, er atmet, es riecht nach Kümmel, alles gut zum Glück, und das gibt neuen Mut. Einer zieht ihm jetzt den rechten Schuh aus, der nächste den linken, dann kommen die Socken dran, man arbeitet sich vor, Hand in Hand, das haben sie gelernt, bis der Maat nackt ist. Woher die Schuhwichse kam, mit der sie sein Gesicht und seinen Körper so schwarz färbten wie die sternenlose Nacht, weiß keiner mehr, weder an dem Abend noch am Tag danach, an dem ein gewaltiger Sturm aufzog.

»Mit Gegenwind wusste mein Vater umzugehen«, sagt meine Mutter, als ich sie frage, ob sie auch gute Erinnerungen an ihren Vater habe. »An Deck und im Leben. Er besaß einen Ledermantel mit Fellkragen, ich glaube, er war noch aus dem Krieg. Wenn wir im Winter den Bus nahmen und zur Haltestelle gingen, stellte er sich vor mich, damit der

Wind mich nicht mit dem Schnee peitscht. Wenn es besonders kalt draußen war, gestattete er mir, den Pyjama unter der Kleidung anzulassen. Es war aufregend, so in die Schule zu gehen, ich durfte es niemandem sagen. Damals gab es noch keine Skiunterwäsche für Kinder. Mein Vater erfand sie für mich. Als ehemaliger Matrose hatte er gelernt, sich warm zu halten.«

35

DAS GRAUENHAFTE GESPENST

Der Sturm ist gewaltig, und die eine Hälfte von Anatols Einheit wird unverzüglich nach Danzig geschickt, die andere, darunter er, nach Stettin an der Oder.

Es ist die Nacht auf den Dienstag nach Ostern. Anatol sitzt mit seinen Kameraden im Bunker, unbekümmert. Sie erzählen sich Witze. Alfons reißt die besten. Vor allem über Lothringer und Elsässer, die sich nicht ganz grün sind, aber in diesen Zeiten, in denen sie von den Deutschen in die gleiche Uniform gezwängt werden, zusammenhalten. Da muss ein Witz schon mal sein, der alles wieder geraderückt:

Der Enkel muss an die Front. Die Omi weint bitterlich.
Omi, ich werde dir schreiben, tröstet der Enkel sie.
Ja, gut, antwortet diese.
Drei Tage später schreibt ihr der Enkel: Wir sind zehn Mann im Lager. Sieben Elsässer und drei Lothringer.
Die Omi antwortet: Ich gratuliere Dir, dass du schon Gefangene gemacht hast.

Anatol kennt die meisten der Witze schon aus Poitiers. Also geht er hinaus, und Klaus begleitet ihn. Dort haben sie etwas mehr Ruhe, auch ist die Luft besser. Sie sind nicht die Einzigen, die sich bei den Unterständen aufhalten, irgendwer braucht immer eine Zigarette. Alle haben genug vom Warten.

Kurz nach Mitternacht hören sie, wie sich Flugzeuge im Tiefflug nähern. Die Zigaretten fallen zu Boden wie erlischende Glühwürmchen, und alle rennen los, bloß schnell zurück in den Bunker, in die Sicherheit. Nur Anatol und Klaus und noch ein paar andere laufen in die andere Richtung – eine binnen Sekunden gefällte Entscheidung, ohne nachzudenken. Sie folgen einfach ihren Beinen, während es über ihnen zischt und knallt. Anatol wirft sich zu Boden, die Hände überm Kopf, die Nase im Dreck, fast erstickt er in Licht und Staub, das Getöse um ihn herum hört nicht auf, Helligkeit und Dunkelheit, nicht mehr auseinanderzuhalten, Blitze und Feuer und lautes Krachen, es regnet Erde und Steine, und plötzlich Ruhe am Himmel, der Schwarm ist weitergezogen, doch alles brennt *lichterloh*.

Anatol erhebt sich aus der Asche, Schreie. Da ist die Hitze wie Glut im Gesicht, Schreie; da ist ein beißender Geruch, Schreie; da irgendwo ist grelles Licht wie Nadeln in den Augen, Schemen, Schreie, da vorne bewegt sich doch etwas, grau und schwarz, dann zwei weiße Punkte, die Augen von Klaus, die wie er allmählich all die Toten und ein paar Verletzte erkennen, die auf dem Boden liegen, überall, manche brennen, manche leben und brennen, Schreie, doch an löschen ist nicht zu denken, nirgends Wasser, nirgends Decken und der Bunker ein Splitterhaufen aus tonnenschweren Betonplatten, die all diejenigen unter sich begraben haben, die gerade noch gescherzt, gelacht oder sich in die vermeintliche Sicherheit geflüchtet haben.

Vierundsiebzig Kameraden gräbt Anatol zusammen mit Klaus und den anderen wenigen Überlebenden aus, in der Hoffnung, noch jemanden retten zu können.

Es war ein schweres Stück Arbeit, schreibt er an Henni. *Vierundsiebzig Männer sind tot. Auch Alfons*, gerade dreiundzwanzig Jahre alt. Nichts von ihm ist geblieben *außer eine Gestalt, die keine Form mehr hatte,* und seine Erkennungsmarke, mit der Alfons identifiziert wird als einer von etwa dreißigtausend Lothringern, die zusammen mit hunderttausend Elsässern für die Wehrmacht kämpfen mussten, auch für die Waffen-SS, und von denen mehr als vierzigtausend nicht mehr zurückkamen.

Eine Feldpostkarte, nur Platz für die nötigsten Zeilen, unleserlich geschrieben, krakelig. Der Stift wie von Angst geführt und von Trauer.

Liebe Henni!
Stopp ab sofort mit jeder Post!
Das grauenhafte Gespenst des Todes hat mich gestern angeschaut. Total ausgebombt nur mit dem heilen Leben davongekommen. Meine besten Freunde sind dahin! Mit einem Anzug am Leibe und einer Gasmaske sitze ich am Boden und schreibe Dir diese wenigen Zeilen. Ich freue mich die Sonne sehen zu dürfen wie ein neugeborenes Kind!

Dein Kamel

36

BLUTREGEN

Ich schaue aus dem Fenster. Die Sonne scheint wie im Sommer, doch der Wind beißt eisige Löcher in die Luft. Ein paar Schäfchenwolken bilden ein familiäres Grüppchen über der mit Efeu bewachsenen Linde, die weiter vorne auf einer grünen Fläche steht. Dann kracht es am Himmel. Ich schrecke auf, die Ruhe meines Gedankenblicks ist dahin. Ein Kampfjet, groß und dunkelgrau, rast vorbei, fliegt dicht über den Dächern, die ich von meinem Fenster aus sehe. Er verschwindet im Horizont, nimmt das Krachen dorthin mit.

Die Schäfchenwolkenfamilie ist verschont geblieben. Sie ist nur enger zusammengerückt, bildet jetzt eine Quellwolke. Saharastaub aus Marokko ist angekündigt worden, aber erst in ein paar Tagen. Dann wird es Blutregen geben.

37

KLAUS

Anatol erhält zwei Wochen *Beruhigungsurlaub* in der Heimat. Über diese Zeit verliert er kein Wort. Nicht, ob er seine Eltern wiedersah. Nicht, wie seine Tage aussahen. Nur dass er danach abkommandiert wird nach Kiel-Laboe auf die *Adria*, ein Tankschiff, das die in Norwegen stationierten deutschen Kräfte versorgen soll. Doch etwas hat sich verändert. Zumindest lese ich das aus seinem spöttischen Ton heraus, den ich unter all den Briefen nur an dieser einen Stelle finde.

Liebe Henni,
hier ist es herrlich oder besser gesagt wäre es herrlich, in anderen Zeiten als Sommerfrischler etwa! Heute z. B. habe ich eine angenehme, wenn auch anstrengende Fahrt im Kutter gemacht. Du siehst, meine seemännische Ausbildung wird immer vollkommener, was habe ich nicht später einmal alles der dt-Kriegsmarine zu verdanken! Ich weiß wirklich nicht, wie ich das einmal gut machen kann, sollte ich mich nicht etwa für 12 Jahre verpflichten, um U.Offizier zu werden?

Für heute sei herzlich gegrüßt,
Dein Kamel

Mit Anatol auf die *Adria* abkommandiert wird auch sein Kamerad Klaus, der wie er den Fliegerangriff der Royal Air Force überlebte und seither so viel Angst hat, dass er von allen nur noch Klaus der Schisser genannt wird, was Klaus wiederum einerlei ist, wenigstens versteht ihn Anatol, sein Freund.

Klaus will partout nicht an Bord der *Adria* gehen. Unter keinen Umständen. Schon allein bei dem Gedanken daran fängt er an zu zittern. Er will nicht untergehen im tiefen Blau, wenn es wieder einen Angriff gibt. Lieber will er an Land bleiben und notfalls dort sterben, mit festem Boden unter den Füßen. Er hat auch schon einen Plan für sich, für sein Leben. Er werde sich *toutes les dents* ziehen lassen, die guten wie die schlechten Zähne, erzählt er eines Abends, und das ungläubige Gelächter all derer, die nicht das erlebt haben, was er und Anatol erlebt haben, ist groß. Natürlich könnten ihm seine Kameraden für diese Aktion genauso gut den Spitznamen Klaus der Mutige geben. Doch dafür sind sie selbst nicht mutig genug, wenn auch so anständig, ihn nicht zu verpfeifen.

Nur Anatol lacht nicht mit. Er weiß, sein Freund meint es ernst. Allerdings wird es nicht leicht sein, einen Zahnarzt zu finden, der sich bereit erklärt, Klaus den Mund zu leeren. Denn wer sollte keine Zweifel an der Notwendigkeit des Eingriffs bekommen? Und jeder weiß, was Verweigerern oder Helfern von Verweigerern blüht. Aber weil die Angst davor, auf See unterzugehen, größer ist als die Angst davor, als Drückeberger aufzufliegen und ins Lager zu kommen, gibt Klaus nicht auf. Notfalls will er selbst Hand anlegen. Oder Anatol, du?

Anatol schüttelt den Kopf. Nein, dazu sei er nicht fähig. Aber er bietet ihm Hilfe bei der Suche nach einem Zahnarzt an. Er habe Kontakte. Die meisten, mit denen er bei den Séminaristes in Metz gewesen war, seien zu Sanitätern zwangsausgebildet worden, und die würden vielleicht einen Zahnarzt kennen, der seinem Wunsch nachkomme.

Eine Woche später, es ist, wie so oft, ein glücklicher Zufall, gelingt es ihnen schließlich, einen Studenten der Zahnmedizin aufzutreiben, der sich gegen Geld zur Operation bereit erklärt. Und so darf Klaus im Lazarett bleiben, bis die Wunden verheilt sind. Das kann dauern. Vielleicht wird der Krieg bis dahin endlich vorbei sein. Es gibt Grund zur Hoffnung, im Radio hören sie schon davon, und der Himmel schwärzt sich zunehmend mit feindlichen Fliegern.

Klaus wird also nicht an Bord der *Adria* gehen. Er wird zahnlos an Land bleiben und kaum, dass er den Krankenstand verlassen hat, es ist einer der ersten warmen Tage, in der Kieler Förde baden gehen – und ertrinken. Seine Leiche wird nie gefunden werden.

Wie Anatol hatte auch Klaus ein kleines Stofftier mit sich herumgetragen, einen gestrickten Bären mit schwarzen Kreuzen als Augen, der nicht größer war als ein Daumen. Er hatte ihn stets in die Innentasche seiner Uniform gesteckt, damit niemand ihn je sah oder fand. Aber alle hatten von seiner Existenz gewusst. Jeder trug doch etwas mit sich herum, einen Bären, ein Kamel, ein Bild, Glaube, Angst, Hoffnung.

Am Ende begrub Anatol den Bären anstelle seines Kameraden. Dafür hob er am Strand ein kleines Grab aus, legte das Stofftier, das der dankbare Klaus ihm für seine Zeit ohne ihn auf der *Adria* anvertraut hatte, hinein, schaufelte das Loch wieder zu und schrieb seinen Namen in den vom Buddeln feuchten Sand: Claude.

38

SONDERURLAUB

Möwen, groß wie Adler, fliegen über Anatol. Er sitzt an Deck der *Adria* und blickt über das Wasser. Es ist ein pittoreskes Bild, das er vor Augen hat, einer Urlaubspostkarte gleich: *Ein milder Abend,* schreibt er an seine Henni, *kurz vor sieben, und die Sonne neigt sich blutrot über den Wellen, wie liebkosend streicht sie mit zärtlicher Hand über die ruhigere Wasseroberfläche.* Langsam laufen noch Schiffe aller Art in den Hafen ein. *Wie könnte doch das Leben so schön sein, Henni. Vielleicht müssen wir diese Zeiten ausstehen, um einmal später unter anderem Himmel den Inhalt und Zweck des Lebens wirklich verstehen zu können.* Nach jener Zeit sehnt er sich *mit der ganzen Glut meines Herzens. Möge recht bald die Sonne in hellstem Glanz über die Sommertage einer besseren Zeit aufgehen. Möge unsere Hoffnung nach Frieden, Leben und auch Glück nicht umsonst gewesen sein!*

Die Vorstellung, der Krieg könnte zu Ende gehen, ohne dass er ein Diplom in der Tasche hat, beschäftigt Anatol genauso wie die Vorstellung, als ein Niemand zu sterben. Es will nicht mehr abwarten, bis er tun darf, wofür er brennt. Er hat seine Kameraden gesehen, tot, unter all den Trümmern, jetzt ist es still um sie. *Das Leben geht weiter und die*

Menschen vergessen schnell, gerade in unserer Zeit, wo der Tod ja ein täglicher Gast bei uns ist! Wer denkt eigentlich noch an die Kameraden von gestern?

Anatol wartet, bis das Meer ruhig ist, dann schreibt er an den Dekan der Fakultät für Philologie in Straßburg und bittet darum, so schnell wie möglich zum Examen zugelassen zu werden, er sei Mitglied der Wehrmacht.

Den positiven Bescheid erhält er ein paar Tage später. Zum 3. Mai 1944 darf Anatol in Straßburg antreten und sein Studium beenden – endlich. Vom Oberleutnant erhält er *Sonderurlaub zwecks Ablegung eines Examens vom 30. April bis zum 15. Mai 1944.*

Es ist acht Uhr morgens, der Beginn eines heiteren Frühlingstags, als Anatol in Bensdorf ankommt, um in den Express nach Straßburg umzusteigen. Doch der Zug wurde annulliert. Die Alliierten haben die Nacht zuvor Metz bombardiert, nichts geht mehr.

Anatol stellt seinen Koffer ab, hält sein Gesicht in die Sonne. Er atmet durch. Er ist stolz auf sich. Er hat es geschafft wegzukommen, aus eigenem Antrieb. Der vertraute Duft der Heimat steigt ihm in die Nase, erdig, keine Spur von Salz. Er lauscht den Geräuschen am Bahnsteig, Rufen, Murmeln, Schritten.

Seitdem er dem Tod entkommen ist, nur weil ihn seine Beine in die richtige Richtung gelenkt hatten, freut er sich über die kleinsten Dinge, die ihm zuvor nicht wichtig gewesen sind: das Knirschen eines Kiesels, ein verirrtes Blatt im Wind, die Stimme eines Kindes. Er will nicht mehr zaudern, *sich selbst ein Rätsel sein,* wie er an Henni ein paar Tage vor seinem *Sonderurlaub* schrieb. Das Leben ist zu kurz, um nichts zu wagen.

Er öffnet die Augen, blickt in die Menge der Wartenden. Es sind vor allem viele Frauen, manche mit Kindern, andere allein. Obwohl das Gedränge groß ist, wird er nicht angerempelt. Es ist, als gäbe es einen unsichtbaren Schutzkreis um ihn. Er könnte die Arme ausbreiten, sich einmal um seine eigene Achse drehen, er würde niemanden mit seinen Fingerspitzen berühren. Er trägt die Uniform *bleu marine* der Kriegsmarine, die mit dem großen Kragen, die ihm so gut steht. Und einem Deutschen in Uniform kommt niemand zu nahe.

Unter der großen Bahnhofsuhr entdeckt er ein Mädchen, eine junge Frau eher, vielleicht siebzehn oder achtzehn oder neunzehn Jahre alt, bei Mädchen weiß man das nie so genau, aber minderjährig noch, da ist er sich sicher. Sie gefällt ihm auf Anhieb. Es liegt an der Art, wie sie sich bewegt, leichtfüßig. Ihre Hüften kreisen nur minimal, doch sie tun es. Wahrscheinlich ist sie ungeduldig, muss zu einer bestimmten Uhrzeit an einem bestimmten Ort sein.

Er mag ihre sportlichen Beine, die schlanke Taille, das schwarz glänzend gewellte Haar, das an der Seite von einer Klammer gehalten wird. Er sieht nur ihr Profil und hofft, dass sie sich umdreht, damit er ihr ganzes Gesicht betrachten kann. Doch sie dreht sich nicht um, zumindest nicht in seine Richtung, sie dreht sich von ihm weg, zeigt ihm ihren schönen Rücken.

Anatol nimmt seinen Koffer in die Hand. In Uniform traut er sich was zu, in Uniform verschwinden seine *complexes*. Er geht in ihre Richtung, aber nicht zu forsch, damit sie nicht merkt, was er vorhat und sich davonmacht. Als er endlich vor ihr steht und sie ihn ansieht wie jemanden, der etwas verloren hat und nun um Hilfe bei der Suche bittet, fällt ihm nichts Besseres ein als *Fräulein, fahren Sie auch nach Straßburg?* zu sagen. Aber immerhin ist seine Stimme fester und lauter als normalerweise, er strengt sich an.

Die junge Frau mustert ihn von oben bis unten. Anatol ist sich sicher, sie hält ihn in dieser Uniform und mit diesen von ihm klar artikulierten Worten für einen Deutschen.

Nein, antwortet sie, *ich steige schon vorher aus, in Zabern.*

Es klingt frech in seinen Ohren und wie eine Abfuhr. Doch so schnell will er nicht aufgeben. Er hat es bis hierhergeschafft, warum nicht gleich einen weiteren Haken hinter die Dinge setzen, die wichtig sind im Leben. Er hat es sich fest vorgenommen, nicht mehr zu hadern. Er könnte morgen oder übermorgen oder überübermorgen schon tot sein. Er hat es ja gesehen. Er ist bereits fünfundzwanzig, Zeit für die Ehe. Allein die richtige Frau fehlt ihm noch. Warum also nicht alles versuchen, um diese Frau vom Bensdorfer Bahnsteig wiederzusehen? Abgesehen davon wird er in ein paar Tagen sein Examen ablegen, dann hat er auch etwas zu bieten.

Daher bleibt er neben ihr stehen. Jetzt warten sie gemeinsam. Als der Zug endlich einfährt, besteigen sie die dritte Klasse. Es ist eng, doch sie finden einen Platz, *vis-à-vis.*

Anatol fragt sie aus. Wie sie heißt. *Renate.* Wo sie arbeitet. *Wehrbezirkskommando Zabern.* Woher sie kommt. *Eckartsweiler.* Wohin sie will. *Zur Arbeit.* Was sie in Bensdorf gemacht hat? *Sie sind sehr neugierig.* Am Ende ist er sich sicher, sie und keine andere soll es sein.

Kommen Sie mich doch am Sonnabend in Straßburg besuchen, bittet er sie, bevor sie in Zabern aussteigt, und drückt ihr einen kleinen Zettel mit seiner Adresse in die Hand. Dann sieht er ihr nach, wie sie den Bahnsteig entlanggeht und zur Antwort ganz zart mit ihren Hüften ein *Vielleicht* in die Luft schreibt.

39

RENATE

Renate. Diesen Namen höre ich zum ersten Mal. Sonst hieß meine Grand-mi Renée.

Ich sehe sie vor mir als junge Frau. Ich sehe die Kraft, die sie ausstrahlt, das Forsche. Ich kann verstehen, wie sehr sie, *une femme extravertie*, meinen Großvater mit ihrer selbstbewussten Art fasziniert haben muss, so anders als seine.

Als sie kriegsdienstverpflichtet wird und nach Duisburg in eine Munitionsfabrik geschickt werden soll, ist sie die Einzige, die sich dagegen wehrt: *Da will ich nicht hin. Ich kann Maschineschreiben und auch Steno, warum, verdammi no mal, soll ich Munition machen?* Das imponiert dem Beamten. Also darf sie in der Heimat bleiben, und eine andere muss an ihrer Stelle nach Duisburg gehen, eine junge Frau höheren Standes, *denn die kann kein Steno wie ich und ist bei der Munition viel besser aufgehoben, das sag ich Ihnen gleich!*

Von da an tippt Renate im Wehrbezirkskommando Zabern Stellungsbriefe über Stellungsbriefe. Sie weiß, wie viele junge Elsässer aus welchen Dörfern wohin an die Front geschickt werden und auch, wie viele von ihnen nicht mehr heimkommen. Sie lernt all jene Soldaten kennen, die für drei Monate nach Zabern geschickt werden, um ihre Verletzungen auszukurieren oder um sich nach einem schweren Angriff zu *beruhigen*, so wie sich mein Großvater beruhigen sollte, nachdem er Alfons Leiche unter den vielen anderen Leichen und den Trümmern gefunden hatte.

Oft bitten die jungen Männer Renate, sie möge ihnen schreiben, sobald sie wieder an der Front seien, ein paar liebe Worte, das wäre fein. Dann erzählte sie ihnen vom Nebel auf den Feldern oder von der Kuh, die geschlachtet wurde, weil sie zu viel nasses Gras gefressen und davon Blähungen bekommen hatte.

Anatol aber schrieb sie etwas anderes.

Lieber Herr Anatol,
leider, ich kann am Samstag nicht kommen. Muss arbeiten. Habe sehr viel zu tun. Schade! Bei mir klappt alles noch, wünsche Ihnen weiterhin alles Gute,

Gruss, Fräulein Reni

Und Anatol antwortet dem Fräulein Reni:

Schade, dass ich so naiv war! Mit der Arbeit wird es wohl am Samstag nicht so schlimm bestellt gewesen sein. Bitte, sagen Sie mir das nächste Mal lieber die Wahrheit. Eine andere Gesellschaft wird Ihnen wohl mehr zugesagt haben. Ich bin ja nur ein armer Studiosus, der sich momentan in Examensnöten befindet! Es hätte mich allerdings unendlich gefreut, den heutigen Nachmittag mit Ihnen zu verbringen. Es wäre für mich sicherlich eine

Erholung gewesen. Aber das konnten Sie ja nicht ahnen. Am 12. 5. bin ich mit allem fertig. Darf ich vielleicht hoffen, Sie eventuell am 13. 5. bezw. am 14. 5. wiederzusehen? Es würde mich unendlich freuen. Erwarte deshalb bis zum 12. 5. ein kleines Zeichen von Ihnen.

Mit Gruss
Anatol
P.S. Kann man Sie per Telefon auf Ihrer Dienststelle erreichen?

Reni, am 9. Mai 1944

Lieber Herr Anatol,
um ehrlich zu sein, ich habe am Samstag nicht gearbeitet. Zwar bin ich stark erkältet. Vielleicht fahre ich doch nach Straßburg. Vielleicht! Ich wünsche Ihnen zu Ihrer Prüfung viel Glück und drücke ganz fest die Daumen. Für Sie habe ich keine Angst, Sie schauen ja nicht so blöd in die Welt!

Ihr Fräulein Reni

Anatol beeilt sich, das Telefon zur Hand zu nehmen, um die Nummer des Werkbezirkskommandos Zabern anzurufen, die Reni auf ihrem Brief angegeben hat. Schreiben dauert zu lange. Er muss sicherstellen, dass sie ihn auch tatsächlich in Straßburg besuchen kommt. Wenn er sich schon nicht auf sie verlassen kann, dann auf die Zusage des Unteroffiziers, der ihm schließlich versichert, Reni werde freigestellt für diesen Termin. Ankunft am Samstagnachmittag um fünfzehn Uhr.

Anatol ist *aux anges*, also im siebten Himmel, zählt die Stunden. Ganz in Grau kleidet er sich, dann geht er zum Bahnhof.

Reni ist die Erste, die aussteigt. Sie sieht sich um, blickt ihn an, aber ohne die schöne Uniform mit dem hohen Kragen erkennt sie ihn nicht. Anatol beobachtet, wie sie einfach dort stehen bleibt, wo sie ausgestiegen ist. Wie sie dann ihren Zeigefinger mit etwas Spucke benässt und über ihre Augenbrauen fährt, zwei gleichmäßige Bögen, wie mit Tusche gemalt. Die Reisenden weichen ihr aus, was sie nicht stört, sie steht, wo sie steht, fast ein wenig trotzig. Ganz anders als Henni ist sie, geht es Anatol durch den Kopf. Henni würde niemals jemandem im Weg stehen wollen. Henni hätte sich einen Platz gesucht, an dem sie nicht auffällt. Nicht aber diese Frau, die ein hüftschmeichelndes Kleid trägt, das die Sprache des Frühlings spricht, bunte Blumen.

Jetzt läuft er auf sie zu, zielstrebig, diesmal darf sie ruhig merken, dass er zu ihr will. Sie ist ja extra für ihn nach Straßburg gekommen, da hat er keine Sorge, sie könnte sich davonmachen.

Als sie ihn endlich wahrnimmt, reicht sie ihm wie selbstverständlich den Arm, überquert mit ihm den Bahnhofsplatz in Richtung Zentrum. Sie möchte groß einkaufen gehen, das sagt sie ihm gleich.

Als Erstes betreten sie ein Schuhgeschäft. Bei ihr in Zabern würden alle die gleichen Schuhe tragen, keine Auswahl. Aber vielleicht könnte sie in Straßburg welche finden, mit denen sie auffällt, das fände sie nicht schlecht. Sie greift nach einem Paar Halbschuhe aus dunkelblauem Wildleder, atmet den Geruch nach Tier ein, das nichts mehr mit Stall zu tun hat, sondern sauber riecht, wenn auch intensiv. Die kommen mit!, beschließt sie und zieht die Schuhpunktkarte hervor. Weiter geht es zu Magmod. Rasierklingen benötigt sie noch und Briefpapier und Stifte und Wolle. Sie hat alle Bezugsscheine mitgenommen, wer weiß, ob und wann sie wieder nach Straßburg kommt. In Zabern gebe es schon lange nichts mehr, das müsse sie ausnutzen.

Anatol steht hinter ihr, während sie die Waren in die Hand nimmt und zur Kasse geht. Er trägt ihre Tasche mit den Einkäufen. Er trägt ihre Tasche gern. Er hat noch nie für jemanden eine Tasche getragen.

Er mag ihren zielstrebigen Schritt. Diese Frau weiß, was sie will. Das imponiert ihm. Auch gefällt ihm, dass sie, nachdem alle Einkäufe erledigt sind, nicht darüber reden, wohin sie als Nächstes gehen, sondern sich treiben lassen und ohne Absprache die gleiche Richtung einschlagen, als gäbe es für sie nur einen Weg.

40

ANTRAG 1

Die dreihundertdreißig Stufen zur Turmplattform der Kathedrale scheinen kein Ende zu nehmen. Reni gerät ein wenig außer Atem. Immer wieder bleibt sie stehen, dreht sich um und blickt Anatol mit ihren klugen Augen an, er könnte nicht sagen, was sie denkt oder was in ihr vorgeht. Aber da tut sich etwas in ihrem Gesicht. Es ist, als würde sie ihn durchschauen können, als würde sie ihm sagen, er solle sich bloß nichts darauf einbilden, rätselhaft zu sein, sie habe schon einiges erlebt, wer nicht im Krieg?

Überhaupt kommt es ihm vor, als kenne er Reni schon ewig, obwohl er gerade einmal ein paar Stunden mit ihr zusammen ist und eigentlich nur über sie weiß, wie sie heißt, in welchem Dorf sie lebt und wo sie arbeitet. Auch Reni weiß nicht viel mehr über ihn, hat ihm auch noch keine einzige Frage gestellt. Nicht, woher er kommt und wohin er will. Nur seine blauen Augen hat sie ein paarmal bewundert und gemeint, sie seien bestimmt blauer als das Meer, das sie noch nie in ihrem Leben gesehen habe, aber gerne einmal sehen würde. Ansonsten kennt sie nur seinen Namen, ist darüber im Bilde, dass er bei der Kriegsmarine und Student der Reichsuniversität Straßburg ist. Das war's aber dann auch schon – und eigentlich ist Anatol froh darüber.

Er will nicht sagen, dass er irgendwo aus dem Hinterland und vom Bauernhof kommt. Lieber ist es ihm, sie sieht ihn als den an, der er ist: ein Studierter.

Jetzt nimmt Reni plötzlich zwei Treppenstufen auf einmal. Sie bestimmt das Tempo. Es ist ihm nur recht. Auch er will endlich oben ankommen. Er freut sich darauf, ihr die fantastische Aussicht über Straßburg zu zeigen; seine Lieblingsboulangerie, die jetzt Bäckerei heißt, aber schon lange kein Brot mehr hat; das Studentenwohnheim, in dem er untergekommen war, bevor er zur Kriegsmarine musste; die Tennisplätze, auf denen schon seit einer Weile nicht mehr gespielt wird, weil es keine Bälle mehr gibt; die Universität, an der er eben erst das Examen abgelegt hat – Ovid, Nibelungenlied, Minnesang im späten Mittelalter, Goethes Schaffen in der Weimarer Zeit, Interpretation und Übersetzung von Walther von der Vogelweides politischen Liedern und zuletzt, in philosophischer Weltanschauung: Überlegungen zur Philosophie Epikurs und Kenntnisse von Hitlers *Mein Kampf*.

Oben, auf der Turmplattform, gesteht Reni ihm, noch nie so nah am Himmel gewesen zu sein, immer nur fest mit beiden Füßen auf der Erde. Ein Windzug lässt ihre Haare fliegen und ihr Kleid, harziger Seifenduft weht Anatol entgegen. Tief atmet er ihn ein, während er Reni vor dem Straßburger Panorama betrachtet. Er bewundert ihre Leichtigkeit. Dass sie einfach so dasteht, auf Zehenspitzen, und ihre Arme in die Luft streckt, als könnte sie so das Firmament berühren. Dass sie einfach darauf los reden kann, scheinbar ohne nachzudenken, und doch klingen ihre Worte wie lange überlegt. Er kann sich nicht erklären, was in diesem Moment in ihm vorgeht. Aber er ist beschwingt. Er ist am Leben. Er ist daheim. Er fühlt sich frei. Er steht vor einer Frau, die aussieht, als hätten seine schönsten Träume sie gemalt. Die Sonne scheint, wärmt seinen Mut auf. Jetzt oder nie! Das Leben ist zu kurz, um nichts zu wagen, das hat er sich schon oft gesagt und doch nichts wirklich Großes getan, geschwiege denn Großartiges. Doch nun macht er einen Schritt auf Reni zu, greift nach ihrer Hand, zieht sie vom Himmel auf Höhe seiner Brust und sagt: *Willst du meine Frau werden?*

Reni legt den Kopf zur Seite und verengt ihre Augen, fast berühren sich ihre Brauen. Sie lässt seine Hand los, weicht zurück. *Nein,* antwortet sie, kleinlaut diesmal, ungewöhnlich für sie, deren Stimme so viel mehr Kraft hat als seine. *Meine Eltern würden es nie zulassen, dass ich einen Deutschen heirate.*

Erst da fällt es ihm auf, natürlich! Wie soll sie wissen, dass er kein Deutscher ist? Die Uniform. Sein Anruf im Wehrbezirkskommando Zabern. Sein perfektes Deutsch. Seine blauen Augen. Kein Wort darüber, woher er stammt.

Wieder geht er auf sie zu. Wieder nimmt er ihre Hand. Wieder zieht er sie bis vor seine Brust. Kurz dreht er sich um, um sicherzugehen, dass sie auch wirklich allein sind. Und dann sagt er laut und klar: *Mais ma Chérie, je suis Lorrain, comme toi, tu es Alsacienne! – Aber mein Schatz, ich bin Lothringer, so wie du Elsässerin bist!*

Ihr Lächeln, weich. Zähne wie Perlen. Seine Hände an ihren windkühlen Wangen. *Ça change tout,* hört er sie sagen, *das ändert alles.*

41

ANTRAG 2

Von meiner Großmutter bekam ich die Geschichte ihres Antrags anders erzählt. Eine Erzählung, von der ich als Kind nicht genug kriegen konnte. Ich schloss jedes Mal die Augen, wenn sie in ihrem zitronengelben Kleid mit den bunten Blumen neben meinem Großvater durch die Straßen von Straßburg schlenderte, die Sonne im Gesicht. Ich hielt die Luft an, als Grand-papa plötzlich auf dem Trottoir stehen blieb, sie unter ein kleines Vordach zog und ihr schüchtern, aber mit großer Entschlusskraft verriet, dass er zum ersten Mal in seinem Leben darüber nachdenke zu heiraten, und ob sie denn?, also, sie solle ihm lieber gleich sagen, wenn sein Gefühl ihn trüge, dann müsse er in diesen Zeiten, in denen niemand wisse, wie lange es noch gut um einen stünde, keiner Verirrung folgen. Das würde er nicht ertragen. Ich kicherte, als meine Großmutter ihm daraufhin eine kleine Kopfnuss verpasste und ihn fragte, ob er denn gar kein Gespür dafür habe, Zeichen richtig zu deuten, natürlich würde sie ihn heiraten, das käme ihr sogar sehr gelegen, an Angeboten würde es ihr nämlich nun wirklich nicht mangeln, aber bislang sei unter den Anwärtern noch keiner dabei gewesen, dessen Herz so eindeutig für Frankreich geschlagen habe wie das seine. Und wenn er es tatsächlich ernst mit ihr meine, dann solle er ihr, koste es, was es wolle, den Antrag auf Französisch stellen, denn mit Ja werde sie ihm sicherlich nicht antworten, aber gerne mit *oui*.

Daraufhin nahm Grand-papa sie an der Hand, zog sie hinter sich her zur Kathedrale, öffnete die kleine Tür, von der die dreihundertdreißig Treppenstufen abgingen, schob sie vor sich, die Hände an ihren Hüften, bis ganz nach oben.

Ich sah das Liebespaar über der Stadt schweben, jung und schön und rebellisch, weil sie etwas taten, das eigentlich verboten war. Diese Geschichte meiner Großmutter verstand ich nicht nur als Ausdruck ihrer Zuneigung zueinander, sondern vor allem als Ausdruck ihrer Liebe zu ihrem Land. Der Heiratsantrag war nur in ihrer Sprache denkbar, nicht in der des Feindes.

Es tat gut zu wissen, dass meine Großeltern während des Zweiten Weltkriegs auf der richtigen Seite gestanden hatten. Es tat auch deswegen gut, weil es dadurch leichter fiel zu verstehen, weshalb mein Vater es so schwer hatte, von ihnen akzeptiert zu werden, und weshalb über meiner Mutter nie die Sonne schien, wenn wir in ihrer Heimat waren.

Aber wieso, fragte ich mich, nachdem ich Grand-papas Erinnerungen an den Heiratsantrag gelesen hatte, existierten zwei Versionen von ein und derselben Geschichte?

42

GRAND-MI

Ich nehme den Zug und fahre nach Colmar. Nicht wegen des unterschiedlich erzählten Heiratsantrags – das nicht, wobei ich auch nichts dagegen habe, dem nachzugehen –, sondern weil ich Grand-mi einmal im Jahr besuche.

Es ist ein feuchtkalter Tag Mitte März. Ein scharfer Wind weht. Das Grau am Himmel deckt sich mit dem des Asphalts, als ich die Brasserie L'Auberge am Place de la Gare betrete.

Drinnen hingegen leuchten warme, herbstliche Farben: ziegelsteinrote Vorhänge an beiden Seiten der tiefen Rundbogenfenster, gelbe Leuchten, viel Holz und Grüntöne an den Wänden und an der hohen Decke.

Jedes Mal, wenn ich Grand-mi treffe, ist ihr Rücken stärker gerundet. Inzwischen beschreibt er einen Bogen, der sie kleinmacht wie ein Kind. Trotzdem sieht sie mit ihren fast siebenundneunzig Jahren gut aus. Gepflegt. Für das Treffen hat sie sich extra die Haare machen lassen. Ein leicht violetter Schimmer geht von ihnen aus, harmoniert auf seltsame Weise mit den Farbtönen im Restaurant.

Dreiundfünfzig Jahre war sie mit Grand-papa verheiratet. Als er starb, blühte sie auf. Von da an warf sie sich in Schale, behängte sich mit all ihrem Schmuck, entdeckte an sich ihre komödiantische Seite und wurde nicht müde, sie zu trainieren, um schließlich die Bühne ihres Lebens zu betreten und sich mit Witz und Humor in die Herzen ihrer Zuschauer und Zuschauerinnen zu spielen.

Meine Grand-mi redet mit mir nur französisch. Aber es ist ihr ohne Weiteres möglich, vom Französischen ins Deutsche zu gleiten und wieder zurück, fast so wie ich es als Kind getan habe, als mir nicht bewusst war, dass die Sprache meiner Eltern eigentlich aus zweien bestand.

Wenn Grand-mi erzählt, lachen ihre klugen, dunklen Augen. Auch dann, wenn sie darüber klagt, sich im Altersheim einsam zu fühlen. Mit fast hundert gehöre sie zu den Ältesten, aber sie sei die Einzige, die mehr als zusammenfaulendes Gemüse im Kopf habe. Letztens habe einer der Dreiundachtzigjährigen, der noch halbwegs klar denken könne, sie gefragt, ob sie ihn heiraten wolle, er liebe sie. Daraufhin habe sie ihm geantwortet, er solle lieber mal in den Spiegel schauen, dann wisse er die Antwort. Ihr Auflachen daraufhin ist laut und auch ein bisschen dreckig, weil ihr klar ist, dass in ihrem Alter die Härte ihrer Worte besonders amüsiert.

»Weißt du«, sagt sie, »ich habe den Zweiten Weltkrieg überlebt, den Krebs, deinen Großvater und Covid in der allerersten Welle. Aber das Heim, das werde ich nicht überleben, das ist sicher.«

In den vergangenen Jahren hat meine Grand-mi es sich angewöhnt, mir von ihrer Zeit während des Zweiten Weltkriegs und von den Hungerjahren danach zu erzählen. Sie tut das gern und viel und ausführlich und immer ein wenig anders.

Zum Beispiel die Geschichte mit den Himbeeren, die sie für die deutschen Soldaten hatte pflücken müssen. Ihre Mutter, die gute, winterwarme Socken strickende Mémère, die meine Mutter genauso verehrte wie den lieben, Kupferlampen schmiedenden Pépère, hatte es ihr aufgetragen. Also pflückte Reni eine Schüssel voll mit den reifen Früchten und ging zu den Deutschen hin, die die Scheune auf ihrem Grundstück in Beschlag genommen hatten. Die jungen Soldaten saßen draußen, rauchten, während die Hummeln wie verrückt auf den Lippenblütlern brummten, die entlang der Scheune wucherten. Reni, gerade fünfzehn Jahre alt, hielt den Soldaten die Schüssel hin, »hier, für euch, die Mutti hat's mir aufgetragen.«

Da stand einer der Soldaten auf, warf erst einen Blick in die Schüssel, dann auf Reni, die in ihrer dreckigen Schürze vor ihnen stand und darauf wartete, dass einer zugriff. Der deutsche Soldat schüttelte den Kopf, winkte sie weg, nein, die Beeren könnten vergiftet sein. Da nahm Reni eine Hand voll von den Früchten, legte ihren Kopf in den Nacken und ließ eine Beere nach der anderen in den Mund fallen.

Oder die Geschichte mit ihrer Schwiegermutter Gersande: Einmal, kurz nach ihrer Hochzeit, verbrachte Reni ein paar Tage allein mit Anatoles Mutter in Kapellenhof, es ging nicht anders, jemand musste bei ihr sein und ihr helfen, Joseph war im Hôpital, und Anatole musste arbeiten. Es war Dezember und was für ein bitterkalter. Im Haus gab es noch immer keinen Strom, obwohl der Krieg da schon längst vorbei war. Also saßen die beiden Frauen am Abend im Licht einer Petroleumlampe am Tisch und strickten. Das wenigstens wärmte die Finger.

Plötzlich stand Gersande auf und ging nach draußen. Reni wunderte sich, wohin die Alte, wie sie sie insgeheim nannte, so spät noch wollte, aber was ging es sie an? Lieber strickte sie weiter an den Socken, damit sie schnell fertig wurden, eine weitere Lage an ihren Füßen, die schon wie Eisklötze an ihren Beinen hingen, konnte nicht schaden. Verflucht zapfig war es in dieser Gegend, kein Vergleich zu Eckartswiller.

Als sie die letzten Maschen für die Ferse abnahm, war Gersande immer noch nicht zurück. Da stimmte doch was nicht. Jetzt musste sie auch noch raus und nachsehen, worauf sie nun wirklich keine Lust hatte. Aber es half ja nicht. Reni griff zur Petroleumlampe, ging vor die Tür und rief nach ihr. Erhielt aber keine Antwort. Da war nichts außer frostiger Stille und Finsternis.

Allmählich wurde es ihr unheimlich zumute, so allein und mit diesem weißgefrorenen Atem, der wie ein böser Geist vor ihrem Gesicht schwebte. War da was hinter ihr? Ein Schnaufen? Ein Blick? Wo war die Alte denn bloß hin?

Auch im Stall war Gersande nicht. Genauso wenig wie am Brunnen. Und so kehrte Reni ratlos ins Haus zurück, nahm ihr Strickzeug wieder zur Hand, was sollte sie sonst auch tun? Ins Bett wollte sie nicht gehen, solange sie allein war. Nicht, dass doch noch etwas passiert war und sie die Nachbarn holen musste, von denen es kaum mehr welche gab. Noch ein wenig Abwarten sollte sie, und das tat sie – lange. Erst nach drei Stunden tauchte die Schwiegermutter wieder auf.

»Wo sin ihr denna gsinn?«, fragte Reni. »He, he, he, he«, antwortete diese nur und dann: »Ich zeig da, was ich konn!«

Am nächsten Morgen, als Gersande im Stall war und das Vieh molk, verließ Reni mit ihrem Köfferchen das Haus, ohne Adieu zu sagen. Jetzt soll die Schwiegermutter sie doch suchen gehen!

Während des Hauptgangs bitte ich meine Grand-mi, mir noch einmal davon zu erzählen, wie Grand-papa ihr den Heiratsantrag auf dem Straßburger Münster gemacht hat. Ich will wissen, ob die Erzählung, an die ich mich erinnere, nicht vielleicht eine ist, die ich mir selbst zusammengereimt habe. Immerhin weiß ich von meiner Mutter, dass Grand-mi die Mémoires meines Großvaters abgetippt hat. Wäre also Grand-papas Erinnerung falsch, dann hätte sie ihn doch bestimmt darauf hingewiesen, und mein Großvater hätte ihr den Heiratsantrag in seinen Aufzeichnungen wieder auf Französisch gemacht, so wie es mir immer wieder erzählt worden war.

Seltsamerweise reagiert Grand-mi nicht. Stattdessen nimmt sie die Gabel voll mit dem Champignon-Kalbsfleisch-Zwiebel-Ragout, führt sie zum Mund, kaut, lässt sich Zeit dabei. Dann hebt sie das Glas an, trinkt einen Schluck Wasser, greift wieder zur Gabel, die Haut an ihrer Hand wie Pergamentpapier.

Es befremdet mich, dass sie meiner Bitte nicht nachkommt. Sonst ist sie immer gesprächig, genießt es, im Mittelpunkt zu stehen und ihre Lebensversionen loszuwerden, auch ungefragt. Doch ausgerechnet bei der einzigen Unstimmigkeit in Grand-papas Mémoires, die mich tatsächlich stutzig macht, verstummt sie.

Ich will die Frage schon wiederholen, doch ich ahne, sie

würde dann erst recht nichts mehr sagen, bis sie ins Heim zurückmüsste. Also konzentriere ich mich auf das Gemüse, das kunstvoll arrangiert auf meinem Teller liegt. Ich spieße einen der Karottensplitter auf, süß im Geschmack, leicht karamellisiert, hebe den Blick. Vor dem Fenster verneigt sich eine junge Kastanie im Wind. Ihre Zweige zittern, als schlotterten sie vor Kälte.

Da endlich legt Grand-mi das Besteck zur Seite, tupft sich mit der Serviette den Mund ab, sieht mich an. Es fällt ihr nicht leicht, mir in die Augen zu blicken. Zu gebogen ihr Rücken, der Hals, sie muss den Kopf wie eine Schildkröte weit nach vorne schieben, um aufsehen zu können.

»Lass uns zu Grimmer fahren«, sagt sie. »Dort erzähle ich dir was.« Dann zieht sie den Kopf zurück in ihren Panzer.

43

AMOUR

Für das Café Grimmer schwärmte meine Grand-mi schon immer. Es war ihr wichtig, unsere Ausflüge dort zu beenden, wo die Luft nach Schokolade roch.

Ich betrachte das Café mit anderen Augen als sie. Ungemütlich wirkt es auf mich mit den kalten, gelblichen Fliesen am Boden, den braunen Tischen und den vielen beleuchteten Vitrinen und Regalen, vollgestopft mit Schokoladenkitsch, Häschen, Herzchen, Engelchen, Fußbällchen – überbordend, von allem zu viel, fast so wie die gesamte Altstadt von Colmar kurz vor Weihnachten. Die Stadt ist dann immer zu beleuchtet, zu puppenstubenhaft, der Tand aus Asien quillt aus allen Ecken und Ritzen. Beklemmend auch die Massen an Touristen, die sich durch die Sträßchen und Gässchen schieben, vorbei an bunten Fachwerkhäusern, aus denen Teddybären groß wie Schulkinder hängen, vorbei an fluoreszierenden Bäumen und sprechenden Plüschstörchen, die an fast jeder Ecke mit Hilfe eines Speicherchips die Sätze der Passanten nachäffen, multinational.

In einem völlig anderen Licht zeigen sich viele Dörfer um Colmar herum, die nicht für die Touristen aufgehübscht worden sind. Ausgestorben wirken sie, viele der alten Fachwerkhäuser sind heruntergekommen, die Farbe an den Fassaden blättert ab. Wenn ich mir die Autos wegdenke, die in den Einfahrten oder entlang der Hauptdorfstraße parken, und auch die wenigen Menschen, denen ich begegne, dann ist es, als sei die Zeit stehen geblieben, als würden jeden Moment Soldaten um die Ecke biegen oder jemand von der Gestapo, der darauf achtet, dass in den Gärten kein Wort französisch geredet wird, während die frisch gewaschene Wäsche im warmen Fallwind der Vogesen trocknet – nur nicht an diesem grauen Tag, an dem der Wind böse pfeift und das einheitliche, dreckige Weiß des Himmels seine unendliche Weite verhöhnt.

Aus der Vitrine der Köstlichkeiten muss ich mir im Café Grimmer etwas aussuchen, das ist Grand-mis Wunsch, oder besser: ihr Befehl.

Sie sieht müde aus. Und ernst. Der Glanz ist aus ihren Augen gewichen. Ich kann ihr ansehen, dass sie sich am liebsten hinlegen möchte. Sie hat sich viel bewegt, vermutlich mehr als in den vergangenen Monaten, als ihr Altersheim weder Einlass noch Ausgang gewährte, zu gefährlich, zu viele Todesfälle, das Virus. Aber sie wird mich erst bitten, sie zurückzubringen, wenn ihre Ausgehzeit bis auf die letzte Minute abgelaufen ist.

»Ich weiß, du wirst über mich schreiben«, sagt sie plötzlich. Aus dem Nichts.

»Gerade schreibe ich über Grand-papa«, antworte ich überrascht.

»Pah!, über den lohnt es sich nicht zu schreiben«, sagt sie prompt. Aber über mich!« Sie nimmt die Gabel zur Hand, sticht in die Tarte au Chocolat. »Nur musst du damit warten, bis ich tot bin. Oder gaga. Oder du machst mich tot in deinem Buch. Dann kannst du schreiben, was du willst. Auch über die anderen aus der Familie. Aber die Namen musst du ändern. Und zuspitzen und dazuerfinden musst du. Sonst wird es nicht gut, aber das weißt du ja.«

Ich nicke.

»Ich habe geheime Dokumente.«

»Was denn für geheime Dokumente?«

»Ich rede nicht darüber. Ich gebe sie dir nur. Ist mein Erbe. An dich. Besser als Schmuck. Mach damit, was du für richtig hältst. Aber eines musst du wissen: Nach dem Krieg war vor dem Krieg. Da denunzierte jeder jeden, der ihn gestört hatte und an dem er sich rächen wollte, weil er neidisch war oder unglücklich verliebt oder weil er bei den Nazis tatsächlich mitgemacht hatte. Ein Gerücht – und schon war man dran. Es war eine scheußliche Zeit. Und immer diese Angst. Wir waren doch alle froh, als der Krieg endlich vorbei war. Du wirst es sowieso herausfinden. Und jetzt genug davon, iss die Tarte, sonst kriegt sie Beine!«

Zwei Tage später war meine Grand-mi tot. Sie starb völlig unerwartet, und ich konnte nicht glauben, dass ich gerade noch mit ihr im Café Grimmer gesessen und Tarte au Chocolat gegessen hatte.

Die Heimleitung versuchte mich zu trösten. Sagte, sie sei mit einem Witz auf ihren Lippen von der Welt gegangen, so, wie sie es sich immer gewünscht habe. Ich fragte, mit welchem, und sie antwortete mit dem:

Ein Deutscher und ein Franzose treffen sich in
einem Café. Sagt der Franzose zum Deutschen:
Ihr wisst einfach nicht, wie man Liebe macht.
Sagt der Deutsche: Wieso?
Antwortet der Franzose: Bei euch geht sie so:
L. I. E. B. E. Fertig. Und bei uns geht sie so:
Ahhhh – Mhhh – Ohhh – Uhhh – Rrrrrrrrrrrr.

Meine Grand-mi habe die letzten Buchstaben derart genüsslich in den Raum gestöhnt, dass alle Pflegerinnen auf Station in ihr Zimmer gestürzt kamen, um zu sehen, was da vor sich gehe. Vor ihrem Publikum, das sie noch selbst gerufen habe, als hätte sie gewusst, dass ihre Zeit gekommen sei, sei meine Grand-mi dann mit einem letzten Aufstöhnen eingeschlafen, für immer.

44

GEHEIME DOKUMENTE

Ich öffne den grauen Umschlag, ziehe eine Klarsichtfolie hervor. Darin finde ich einen Bericht des Ministère de l'Intérieur vom 13. Oktober 1958.

Ich lese, dass der liebe Kupferlampen schmiedende Pépère, Grand-mis Vater also, ein bekannter Germanophiler gewesen sei und im Juli 1940 als Obmann und Zellenleiter der Deutschen Arbeitsfront DAF fungiert habe, die es sich als größte Massenorganisation des Deutschen Reiches zur Aufgabe gemacht hatte, alle Arbeiterinnen und Arbeiter zu kontrollieren und mit nationalsozialistischem Gedankengut zu indoktrinieren. Bald darauf sei er Vertrauter und Informant des von Himmler gegründeten Sicherheitsdiensts SD geworden und im Mai 1942 auf eigenen Wunsch der NSDAP beigetreten, in der er nur einen Monat später die Funktion des Stützpunktleiters innegehabt habe. Weiterhin sei er nach der Befreiung angezeigt worden, einen Mann aus seinem Dorf an die Gestapo verraten zu haben, weil dieser anti-französische Plakate, die Pépère im Dorf aufgehängt haben soll, wieder abgerissen habe, weshalb der Mann 1940 von den Deutschen in die nicht besetzte Zone Frankreichs vertrieben worden sei. Nach dem Ende des Krieges sei Pépère deswegen der Prozess gemacht worden. Er habe all seine bürgerlichen Rechte verloren und daher sein Dorf weder verlassen dürfen noch arbeiten noch wählen.

Bleibt der Widerspruch eines weiteren Dokuments, ebenfalls vom Ministère de l'Intérieur, ausgestellt am 19. Mai 1945, also dreizehn Jahre zuvor:

Der Mann, der Pépère der Denunziation beschuldigte, sei äußerst suspekt, da der angeblich Denunzierte keine Zeugen für seine Anschuldigungen gefunden habe und selbst während des Ersten Weltkriegs all seiner Rechte enthoben worden war, weil er sowohl den Bürgermeister seines Dorfes als auch den Pfarrer bei den deutschen Behörden als Frankophilen angezeigt habe.

Ich lese die Dokumente mehrere Male, als könnte sich dadurch der Widerspruch auflösen, den sie beinhalteten. War mein Urgroßvater nun ein Kollaborateur und ein Nazi gewesen? Oder war derjenige, den mein Urgroßvater denunziert haben soll, selbst ein Denunziant gewesen? Wie hatte es meine Grand-mi gesagt? *Nach dem Krieg war vor dem Krieg. Da denunzierte jeder jeden.* Was stimmt. Es gab zunächst – und schon vor der Befreiung – die *épuration sauvage*, die wilde Säuberung, bei der bis zu Zehntausende öffentlich gedemütigt, misshandelt oder ohne Gerichtsbeschluss exekutiert wurden, weil man sie entweder für Kollaborateure hielt oder weil sie tatsächlich welche gewesen waren. Im öffentlichen Bewusstsein ist bis heute die erniedrigende Selbstjustiz an Frauen geblieben, denen vorgeworfen wurde, sich mit einem Deutschen eingelassen zu haben (oft reichte es aus, für einen Deutschen gearbeitet zu haben). Als Strafe für die *collaboration horizontale* mit dem Feind wurde ihnen erst öffentlich der Kopf geschoren, dann stellte man sie in den Straßen zur Schau, damit jeder sie verhöhnen konnte.

Später folgte die *épuration judiciaire*, die legale Säuberung also. Es wurden Sondergerichte auf lokaler Ebene eingerichtet, die sich um Vergehen gegen die sogenannte nationale Ehre kümmerte und Berufsverbote, Wahlrechtsentzüge und den Verlust der Bürgerrechte verhängte – also all das, was auch Pépère widerfahren war. Noch später verschwanden die Säuberungstribunale beinahe sang- und klanglos.

Wenn Pépère allerdings ein Kollaborateur und Nazi gewesen ist, warum hätte Grand-mi dann niemals einen Deutschen heiraten dürfen? Wäre dann ein Deutscher nicht gerade recht gewesen? Oder behaupteten meine Großeltern im Nachhinein das Gegenteil, um Pépères Gesinnung während des Zweiten Weltkriegs zu verheimlichen? War dieser Heiratsantrag am Ende ganz anders erfolgt als in der Familie überliefert? Und Grand-papa? Wurde er vielleicht erst nach dem Krieg französischer als jeder Franzose, und zuvor war er es nicht? Immerhin hatte es Elsässer und Lothringer gegeben, die sich geweigert hatten, die feindliche Uniform zu tragen. Allein in Hottviller, Grand-papas Nachbardorf, waren es dreizehn Männer gewesen, wie er schreibt. Viele von ihnen hatten deswegen ihr Leben gelassen.

Bestimmt konnten nicht alle Elsässer und Lothringer, die in die Wehrmacht und in die Waffen-SS zwangsrekrutiert worden waren, so handeln, nicht zu vergessen die Sippenhaft für Familien von Wehrdienstverweigerern. Aber manche taten es eben doch oder dachten darüber nach. Und Grand-papa? Gefiel ihm nicht die Uniform *bleu marine* der Kriegsmarine? War er vielleicht doch Reichsstipendiat aus Überzeugung? Was konnte ich noch glauben?

»Wie gesagt«, sagt meine Mutter, »mein Vater vergötterte Uniformen. Egal welche. Aber für die Nazis war er nie.«

45

DIE ANFRAGE

Ich stelle eine Anfrage auf private Recherche beim Bundesarchiv in Berlin. Dort ist die NSDAP-Mitgliedsdatei digitalisiert und alphabetisch nach Nachnamen geordnet, nur haben nicht alle Dokumente den Zweiten Weltkrieg überstanden, aber achtzig Prozent der NSDAP-Mitgliedschaften können heute noch nachgewiesen werden.

Es kommt mir unschön vor, diese Rechercheanfrage zu stellen. Es kommt mir vor, als würde ich meinen Großvater, der in der Zeit, als ich ihn kannte, alles dafür gab, Franzose durch und durch zu sein, bloßstellen wollen. Doch so ist es nicht. Ich möchte nur wissen, wer er war, und ich möchte verstehen: ihn, den Schweigsamen, Unnahbaren, und seine Zerrissenheit, die sich wie eine Landesgrenze durch meine Familie zieht.

Ich glaube nicht daran, dass es einen Treffer geben wird im Bundesarchiv. All die Briefe, die ich von meinem Großvater aus jener Zeit besitze und in denen seine Antihaltung gegenüber Nazideutschland anklingt, zeugen nicht davon, dass er bei der NSDAP gewesen sein könnte oder den Nazis in irgendeiner Weise nahestand.

Andererseits stellte er die Chance, in Ruhe studieren zu können, über alles. Bildung war sein Mittel, um seiner ärmlichen, bäuerlichen Herkunft etwas entgegenzustellen, das seinem Standeswunsch entsprach. Er brauchte die Abgrenzung zum Hof seiner Eltern, er wollte jemand sein – *auf dem Feld zu arbeiten wie meine Eltern: niemals!*

Ich stelle auch noch eine Anfrage zu meinen Urgroßeltern aus Eckartswiller, Mémère und Pépère, weil ich mir eine Ergänzung zu den französischen Dokumenten erhoffe und damit Aufklärung. Und zu denen aus Kapellenhof, Urgroßvater Joseph und Urgroßmutter Gersande. Man kann nie wissen. Und weil ich schon dabei bin: auch noch zu meiner Grand-mi.

»Pépère war sehr beliebt im Dorf«, sagt meine Mutter. »Einmal die Woche kamen die Nachbarn zum Belotespielen vorbei. Es wurde gezockt und gelacht, bis die Glasstäbe an der Lampe über dem großen, dunklen Tisch klirrten. Daran erinnere ich mich vor allem, an diese langen Glasstäbe. An ihr Klirren. Und an den Zigarettenrauch, der sich durch sie hindurch einen Weg zur Decke suchte. Von den Nachbarn, mit denen er Belote spielte, bekam Pépère auch Aufträge in der Zeit, als er nicht mehr arbeiteten durfte. Er hatte ursprünglich Schlosser gelernt und im Ersten Weltkrieg kaputte Flugzeuge repariert. Er war ein Tüftler. Er konnte auch Tische drechseln, Uhren richten und eben Lampen bauen. Mir wurde immer gesagt, er könne wegen seines Herzens nicht mehr arbeiten und deswegen auch sein Dorf nicht mehr verlassen. Es gab keinen Grund, das nicht zu glauben. Aber ich meine mich zu erinnern, dass mein Vater kaum mit Pépère oder Mémère geredet hat. Rückblickend kommt es mir vor, als habe er sie gemieden. Vielleicht, weil er wusste, was Pépères Funktion im Krieg gewesen war. Die Dorfbewohner jedenfalls müssen es gewusst haben. Es geht nicht anders. Es ist mit den wenigen Bewohnern viel zu klein, um es nicht gewusst zu haben. Jeder kannte jeden. Vielleicht waren es alle Gleichgesinnte, mit denen er Karten spielte. Vielleicht hatten sie nichts gegen ihn als Obmann, Stützpunktleiter. Vielleicht war das ganze Dorf ein Ort voller Nazis, die sich nach dem Krieg nicht mehr daran erinnern konnten oder wollten und weil de Gaulle das große Schweigen anordnete, als er sagte, man solle einen Schlussstrich unter den Krieg ziehen. Ich weiß es nicht. Vielleicht war aber alles auch ganz anders, und es stimmt, wie gerne mal behauptet wurde, dass Pépère eigentlich bei der Résistance gewesen ist und seine guten Kontakte dazu genutzt habe, den Leuten in seinem Dorf zu helfen, sonst hätte er ja nicht einen Nachbarn und dessen Sohn, wie erzählt wurde, aus dem KZ Struthof geholt und deren Gewehre bei sich unter den Kartoffeln versteckt, damit *les boches* sie nicht finden.«

46

TRÄUME

Der Himmel ist voller bauschiger Wolken. Sie formen einen Mund, der ein paar Vögel frisst. Der abflauende Wind bewegt die nackten Äste der Bäume. In der Nacht hat es gestürmt, draußen und in meinem Kopf. Mein Großvater ist durch meine Träume geritten, in Uniform und mit einem Gewehr auf mich gerichtet. Was willst du von mir?, hat er gerufen, während ich im Zickzack davonlief, damit seine Schüsse mich nicht treffen. Er lachte, als ich Haken schlug wie ein Feldhase auf der Flucht. Er hätte mich erwischen können, wenn er nur gewollt hätte. Doch er ließ mich gehen, noch bevor ich ihm eine Antwort auf seine Frage geben konnte.

47

RUHIG DIE SEE

Noch am Tag des Heiratsantrags muss Anatol wieder zurück nach Kiel-Laboe. Das zivile Grau legt er ab, das militärische Blau dafür an. Nur eine Hülle und doch eine Welt, die sich für ihn verändert.

Als er und Reni sich trennen, ist wieder einmal der Bahnsteig der Ort, der ihre bis dahin kurze Geschichte schreibt. Weniger die einer Liebe als die eines Zusammenschlusses aus einer Unsicherheit heraus, die bestehen bleibt: *Werde ich meine Reni je wiedersehen? Oder war mein Antrag auf der Kathedrale das Höchste, das ich mit ihr erleben durfte?*

Die See ist ruhig. Nass ist der Sand unter Anatols Füßen. Er rollt die Zehen ein, spürt die kleinen Körnchen an seiner Haut. Er denkt an Renis schmale Taille, an ihr duftendes Haar, an ihr charmantes Lächeln und an ihre Abschiedsworte: *Du hast mein Wort, lieber Anatol. Ich habe es noch nie jemandem gegeben und weiß, dass auch Du Deines halten wirst.* Er geht zum Ufer, taucht die Füße ins weißschaumige Wasser, alles könnte so schön sein, immer öfter kommt ihm dieser Gedanke in letzter Zeit.

Fast drei Wochen hat er noch an Land. Dann muss er wieder an Bord der *Adria* gehen. Bis dahin heißt es abwarten, sich die Zeit vertreiben, während der Krieg sich zuspitzt. Er hofft so sehr, dass die Begegnung mit Reni der Anfang ihrer Geschichte ist und nicht das Ende.

Seit der Verlobung fühlt er sich zum ersten Mal wie ein richtiger Mann. Früher waren seine Spuren im Sand kaum zu sehen. Doch jetzt spülen die Wellen seine Fußabdrücke nicht mehr schnell weg. Jetzt kann er von einer Zukunft mit Frau, Haus, solider Arbeit und fleißigen Söhnen träumen.

Jeden Tag schreibt er an Reni und gelegentlich an seinen Schulfreund Cordary. Auch ein Bordbuch füllt er mit Notizen: Das Radio meldet täglich Tausende Flugzeuge über Deutschland, laute Schwärme. Am Morgen gibt es Fliegeralarm, am frühen Abend geht er von siebzehn bis neunzehn Uhr am Strand spazieren. Er hilft einer Lehrerfamilie aus Laboe beim Umzug. Später geht er zur Musterung, zu der alle Lothringer aufgerufen werden. Er vermutet, um als Dolmetscher zu dienen. Im Kino sieht er sich *Der weiße Traum* mit Olly Holzmann und Lotte Lang an – der Film gefällt ihm, *excellent*, auch, weil Olly Holzmann seiner Reni in ihrem Aussehen und Temperament ähnelt. Er liest zum siebten Mal Goethes Faust und notiert sich den Satz: *Das ist der Weisheit letzter Schluss, nur der verdient sich Freiheit und das Leben, der täglich sie erringen muss.*

An Henni schickt er endlich, nach langem Schweigen, einen Brief, setzt sie von seiner Verlobung mit Reni in Kenntnis, *so kann ich dich darüber unterrichten, daß das Kamel sich verlobt hat und glücklich ist, endlich die Ruhe in der Liebe gefunden zu haben.* Er weiß, dass Henni sich Sorgen macht, dass sie seit Wochen auf Nachricht von ihm wartet. Er kennt ihre tiefe Angst, das Kamel könnte nicht mehr am Leben sein. Er hat ihre vielen Briefe gelesen, ihre in Worte gefasste Hoffnung.

Lange lässt Hennis Antwort nicht auf sich warten:

Dass sich im Laufe der Zeit tiefere Gefühle bei mir entwickelt haben, dafür kann ich nichts, ich müsste eben keine Frau sein. Ich vermutete bei Dir die gleichen Gefühle. Nun hat sich herausgestellt, dass ich mich gewaltig getäuscht habe... Wenn Du eben die Eigenart besitzest, launisch zu sein, hat es schon gar keinen Zweck, einen weiteren Briefwechsel zwischen uns beiden aufrecht zu erhalten. Zu dem kannst Du auch meine Post gut missen, da Du doch anderweitig damit beglückt wirst.

Trotzdem werden sie sich weiter schreiben, auch weiter sehen. Henni wird Teil von Anatols Leben bleiben – und damit auch meines. Und ihre Verbindung wird wohl immer ein Rätsel sein.

»So ein Rätsel ist das nun auch wieder nicht«, sagt meine Mutter. »Henni war eine einsame Frau mit einem gebrochenen Herzen, die meinen Vater bis an ihr Lebensende liebte, ohne daran zu verzweifeln oder zu verbittern. Sie akzeptierte nach der Hochzeit meiner Eltern, dass sie nie die Frau an seiner Seite sein wird. Ganz verlieren wollte sie ihn aber auch nicht. Sie hatte ja sonst niemanden. Und so entschied sie sich, weiterhin mit ihm in Kontakt zu bleiben. Ein einseitiger Kontakt. Sie kam zu ihm. Er nie zu ihr. Sie hatten auch keine Affäre, was man meinen könnte, weil man das ja immer gleich meint, wenn ein Mann und eine Frau und Liebe und Anziehung und so weiter. Aber nein, so war es nicht. Auch wenn ich es ihr gegönnt hätte. Als sie mit siebenundsiebzig Jahren starb, waren nur dein Vater und ich auf der Beerdigung, sonst niemand.«

48

SCHWARZ DIE STILLE

Am 6. Juni, gegen Mittag, erfährt Anatol aus dem Radio, dass die Alliierten in der Normandie gelandet sind. Die Hoffnung auf ein Ende des Kriegs ist so groß wie nie. Doch nur ein paar Stunden später erhält er den Befehl, an Bord der *Adria* zu gehen.

Es ist ein regnerischer Tag. Das Meer ist grauer als der Himmel, an dem eine Schicht dünner Wolken klebt. Der Anker wird gelichtet. Linker und rechter Hand tauchen die dänischen Inseln Lolland und Langeland auf. Anatol klettert auf den Ausguck: *Achtern Steuerbord!* ruft er, und dann beginnt wieder einmal eine Reise voller Daten und Ortschaften, aber mit nur wenigen Hinweisen darauf, was er dort getan hat.

Zuerst geht es in den Kattegatt, dann nach Kristiansand, Stavanger, Haugesund. Während Anatol oft tagelang nichts weiter sieht als Wasser, Wasser, Wasser und nach feindlichen Schiffen Ausschau hält, werden am 10. Juni 1944 in dem kleinen Dorf Oradour-sur-Glane sechshundertzweiundvierzig Menschen von der SS-Panzerdivision *Das Reich* ermordet und deren Leichen verbrannt.

Es ist eines der übelsten Massaker, über das, wie meine Mutter sagt, fast jedes Kind in Frankreich Bescheid weiß, aber kaum ein deutsches. Ein Massaker, über das mein Großvater in seinen Mémoires den längsten, persönlichsten Abschnitt schreibt, *weil niemand auch nur erahnen kann, was es für mich, den Lothringer in Deutscher Uniform, bedeutete, als ich davon erfuhr.* Unter den SS-Männern in Oradour-sur-Glane befanden sich dreizehn überwiegend minderjährige elsässische Zwangsrekrutierte und ein Elsässer, der freiwillig der Waffen-SS beigetreten war. Wie die meisten aus Kapellenhof und Hottviller und all den anderen umliegenden Weilern kannte mein Großvater Oradour-sur-Glane aus der Zeit der Evakuierung von 1939. Es lag gerade mal achtzehn Kilometer von Saint-Christophe entfernt. Viele Lothringer, die von den Nazis für *nicht regermanisierbar* gehalten und daher nicht mehr in ihre Heimat zurückgelassen worden waren, hatten sich in dieser Gegend neu eingerichtet. Darunter auch Angélique und Jacques Lorich aus Anatols Nachbardorf Hottviller sowie fünfundvierzig weitere, überwiegend aus den nahe Metz gelegenen Orten Charly und Montoy-Flanville, und neun Elsässer aus Schiltigheim, meinem Geburtsort. Am Ende wurden sie in Oradour-sur-Glane auch von ihren eigenen Landsleuten ermordet.

Zweihundertfünfundvierzig Frauen und zweihundertsieben Kinder und Säuglinge pferchten sie in die Kirche, die sie anzündeten. So viele Kinder, umschlungen im Tod, so viele Mütter, die sie zu beschützen versuchten und es nicht konnten. Und die, die es herausschafften aus dem Gotteshaus, wurden von den SS-Männern, die die brennende Kirche bewachten, erschossen.

Die hundertneunzig Männer und älteren Jungen wurden

in Garagen und Scheunen mit dem Maschinengewehr niedergemäht, das Dorf geplündert und abgebrannt.

Was blieb, ist ein zum Mahnmal gewordener Ort, an dem die Zeit nach dem Massaker eingefroren wurde, um es sichtbar zu machen für die Ewigkeit. Doch der Efeu wächst und nimmt alles ein, man muss das Unkraut entfernen, um zu erhalten, was nicht vergessen werden darf, nie.

Jahre vergingen, bis die Schuldigen ermittelt werden konnten. Erst 1953 wurden die ranghohen SS-Kommandeure vor dem Militärgericht in Bordeaux zum Tode verurteilt – in Abwesenheit. Keiner von ihnen war da, einer gefallen, die anderen untergetaucht, und als sie auftauchten und es sich hübsch machen konnten in ihrem Leben in Deutschland, wurden sie von der Bundesregierung weder ausgeliefert noch vor ein Gericht gestellt, der Überleitungsvertrag machte dies möglich.

1953 saßen also überwiegend einfache Soldaten auf der Anklagebank, sieben Deutsche und vierzehn Elsässer. Ein Deutscher wurde zum Tode verurteilt, auch der einzige Elsässer, der sich freiwillig zur Waffen-SS gemeldet hatte. Beide wurden nach kurzer Haftzeit entlassen, nachdem zuvor all die anderen elsässischen Soldaten, die in Oradour beteiligt waren, von der französischen Nationalversammlung amnestiert worden waren, da deren Verurteilung zum Aufruhr im Elsass geführt hatte und eine Debatte in Frankreich auslöste, die das Land in der Frage spaltete: Wer war Opfer, wer war Täter?

Außerhalb von Elsass-Lothringen waren sich die meisten Franzosen einig, dass all die Träger der deutschen Uniform nichts weiter als Verräter waren, die sich aus freien Stücken unter die Fahne des Feindes gestellt hatten. Die überlebenden Zwangsrekrutierten, zu denen auch mein Großvater gehörte, wehrten sich gegen diese Vorwürfe – der Aufruf und die Werbekampagnen zur Freiwilligkeit durch die Nazis hätten doch kaum gefruchtet, wie viele seien es denn gewesen, etwas über zweitausend? Zehntausende aber hätten sich geweigert, für die Deutschen zu kämpfen, seien über die Grenze in die Schweiz oder ins unbesetzte Frankreich geflohen, Fluchtversuche, die erst weniger wurden, nachdem die Deutschen die Sippenhaft einführten. Und viele, die sich den Besatzern beugten und an der Ostfront kämpften, desertierten oder kamen nicht mehr von dort zurück, weil sie in russischer Kriegsgefangenschaft starben. Man hatte ihnen nicht geglaubt, dass sie eigentlich Franzosen waren und mit den Deutschen nichts zu tun haben wollten, deren Uniform sie trugen. Wie auch?

Sie nannten sich fortan selbst *Malgré-Nous*, also *wider unseren Willen*, um ihre widerrechtliche Einberufung in die Wehrmacht und in die Waffen-SS zu bekunden. Mit dieser Benennung ging der Wunsch nach Rehabilitation einher, die es nicht gegeben hätte, wenn die elsässischen zwangsrekrutierten Soldaten auf der Anklagebank vor dem Militärgericht in Bordeaux nicht begnadigt worden wären.

Ein Land gespalten.

Mein Großvater, ein Angeklagter seiner selbst.

Sechshundertzweiundvierzig Menschen ausgelöscht – und niemand wurde dafür zur Rechenschaft gezogen.

49

DOPPELTES GLÜCK

Den ganzen Sommer über kreuzt die *Adria* vor Norwegen. Zwischendurch kehrt sie nach Kiel-Laboe zurück. Eine Menge Post ist dort für Anatol eingetroffen, von Reni und von Cordary. Er liest sie bis zu dem Abend, an dem Kiel bombardiert wird und er so viele Feuer am Horizont der Stadt zählt, wie er Briefe erhalten hat, dreizehn. Grausames Inferno.

Das Ende des Krieges zeichnet sich ab. Aber darüber sprechen darf niemand. Am 6. Oktober sollen sich alle Elsässer und Lothringer in der Basis versammeln, um an die Ostfront geschickt zu werden. Man misstraut ihrer Loyalität. Wer weiß schon, ob diese Deutsch sprechenden *Französlinge* auch wirklich dazugehören wollen? Und weil es an der Front in letzter Zeit zu viele Verluste gab, muss aufgestockt werden. Da sind die Elsässer und die Lothringer gerade recht.

Aber Anatol hat Glück. Er kennt einen jungen deutschen Studenten, Erwin, der im Büro der Kompagnie arbeitet. Er versteht sich gut mit ihm, hat das eine oder andere Mal mit ihm über Literatur geredet. Das sind Gespräche, die verbinden.

Erwin wird Anatols Namen von der Ostfront-Liste nehmen. Er macht es gern für ihn, den gebildeten *Französling*, der die deutsche Literatur zu schätzen weiß. Außerdem ist Erwin nicht taub. Er hat gehört, welche Worte bei den oberen Befehlshabern im Zusammenhang mit dieser Anordnung fallen: menschliche Schutzschilde, Kanonenfutter und noch so einiges anderes, das er Anatol gegenüber verrät, obwohl er es nicht sollte. Doch sie haben die schönen, klangvollen Worte einiger Schriftsteller geteilt, nun auch die rohen und kalten, die den Tod ankündigen.

So kommt es, dass Anatol nicht zu den neunzig Prozent aller Elsässer und Lothringer gehört, die an die Ostfront geschickt werden. Stattdessen hat er nochmals Glück: Er darf sich sieben Tage freinehmen, um nach Hause zu fahren, Urlaub.

Sofort schickt er ein Telegramm an Reni ins Wehrbezirkskommando – *ich komme dich in drei Tagen besuchen.*

Diese Nachricht wird nie zugestellt werden.

50

DER MANN MIT DEM FAHRRAD

Es ist mitten in der Nacht, als Anatol die Brücke in Kehl überquert, jene Brücke über den Rhein, über die er vor dem Krieg schon einmal gegangen ist, um von Frankreich nach Deutschland zu gelangen.

Nun also geht er wieder über diese Brücke, diesmal allerdings, um von Deutschland in seine französische Heimat zu kommen, die nicht mehr französisch ist, aber dennoch Heimat.

Was er nicht weiß: Er wird diese Brücke nach der Libération erneut überqueren und dann nicht von Frankreich nach Deutschland gehen, sondern von Frankreich nach Frankreich, da Kehl, diese Stadt, die Hitler zu einem Teil Straßburgs erklärt hat, offiziell bis 1953 ein Teil Frankreichs sein wird mit allem, was dazugehört: mit französischen Straßenschildern und französischen Geschäften und französischen Schulen und der französischen Sprache auf der Straße. Die Deutschen werden nur mit einem Passierschein in die Stadt dürfen, um dort zu arbeiten, und müssen sie am Abend wieder verlassen.

Als der Morgen anbricht, kommt Anatol endlich am Bahnhof in Zabern an, die Füße leicht, schwer das Gepäck.

Besser so als andersrum, sagt er zu sich und springt über die Pfütze vor dem Bordstein.

Es hatte Fliegeralarm gegeben, dann waren ein paar Bomben gefallen. Jetzt ist es ruhig, und das Zwitschern der Vögel mischt sich vorsichtig unter die gespannte Stille, als könnte es jeden Augenblick wieder losgehen.

Am Ausgang sieht er einen Mann sein Fahrrad vom Gatter nehmen. Sonst ist weit und breit kein Mensch. Wenn der Duft nach faulen Eiern nicht wäre, der in der Luft hängt wie Gift, würde er vielleicht sogar sagen, hier sei es friedlich. Doch so nicht.

Anatol versucht, mit seinem Atem Renis Silhouette in die kühle Morgenluft zu pusten – ein Spiel, das er an Bord der *Adria* oft gemacht hat, um sich die Zeit zu vertreiben und um seine Gedanken zu wärmen. Doch hier, bei diesem Gestank, funktioniert es nicht. Kein anmutiges Luftbild, nur eine unförmige, sich rasch verflüchtigende Wolke. Also hält er lieber den Atem an und beeilt sich, den Mann einzuholen, der gerade sein Fahrrad vom Bahnhof wegschiebt. Er will nicht lange den Weg nach Eckartsweiler suchen müssen. Seit drei Tagen ist er schon unterwegs und kann es kaum erwarten, Reni endlich in seine Arme zu schließen. Er sieht sie genau vor sich. Ihre kecken dunklen Augen. Ihr schneewittchenschwarzes Haar. Ihre Hüften, die ihr so viel Grazie verleihen. Nicht zu vergessen: ihre selbstsichere Art, die seiner Schwermut eine bislang ungeahnte Leichtigkeit verleiht.

Der Mann mit dem Fahrrad schlägt ihm augenblicklich vor, ihn zu begleiten, Eckartsweiler sei auch sein Ziel, und etwas Gesellschaft täte ihm gut nach dieser langen, intensiven Nacht.

Die Straße aus der Stadt heraus steigt an. Anatols Vorfreude auf seine Verlobte wächst mit jedem Schritt. Nur noch diese Anhöhe muss er hinter sich bringen, dann ist es endlich so weit. Doch schnell kommt er nicht voran. Er muss seine Schritte zügeln. Der Mann mit dem Fahrrad bleibt immer wieder stehen, schnauft schwer, sagt aber nichts. Die Pausen ziehen sich hin. Anatol hält sie kaum aus. Er wäre schon längst da, wenn er nicht auf diesen Mann warten müsste. Aber ihn jetzt alleine lassen, nachdem er ihm angeboten hat, ihn zu begleiten, das wäre zu unhöflich. Also schlägt er ihm vor, sein Fahrrad zu schieben, ihm wenigstens diese Last abzunehmen, damit sie vorankommen, wobei er Letzteres nur denkt und nicht ausspricht, denn er weiß sich zu benehmen, das hat er gelernt.

Der Mann mit dem Fahrrad allerdings schüttelt den Kopf, nein, nein, das brauche er, es stütze ihn. Seine Lokomotive sei von der Luft aus angegriffen worden, in den Graben habe er springen müssen und sich dabei wohl ein paar Rippen gebrochen oder weiß der Teufel was noch. Der Mann sagt es ruhig, unaufgeregt, als erkläre er ihm, hinter welcher Biegung welcher Baumwipfel an den niedrig hängenden Wolken kratze. Er sei selbst einmal beim Fliegerbataillon gewesen, im Ersten Weltkrieg allerdings, damals noch als Deutscher für die Deutschen. Jedenfalls wisse er seit dieser Zeit, wie das sei da oben. Er deutet mit dem Zeigefinger zum Himmel. Das helfe ihm, um mit dem Leben davonzukommen, nicht umsonst habe man ihm damals das Eiserne Kreuz verliehen.

Eine Weile gehen sie wieder schweigend nebeneinander her, in einer Geschwindigkeit, die den Weg zu verdoppeln und die Anhöhe in einen Berg zu verwandeln scheint. Als sich endlich die ersten Häuser von Eckartsweiler zeigen, bleibt der Mann mit dem Fahrrad wieder stehen, aber diesmal schnauft er nicht wie einer, der Schmerzen hat, sondern sieht Anatol aus seinen kleinen Augen eindringlich an.

»Sind Sie vielleicht der Matrose, der meine Tochter heiraten will?«

51

DAS LEBEN IST NICHT IMMER …

Es dauert, bis sich ein Fenster oben in dem grauen Häuschen an der schmalen, sich durchs Dorf windenden Straße öffnet und eine Frau herausblickt, die, als sie die zwei Männer sieht, den Mund zu einem stummen O formt.

Anatols zukünftige Schwiegermutter, die gute, winterwarme Socken strickende Mémère, hat gerade eben noch geschlafen, die unruhige Nacht liegt wie ein weißes Tuch über ihrem Gesicht. Das Haar ist dünn und von einem matten Braun und steht vom Kopf ab. Offensichtlich hat sie mit niemandem gerechnet, ihr Mann hätte erst am nächsten Tag von der Arbeit zurückkehren sollen. Und jetzt steht er da mit einem Uniformierten. *Oh Gott,* ruft sie hinter sich ins Haus, *do esch a Mariner vor de porte, kumm schnall!*

Kurz darauf taucht Reni am Fenster auf. Anatol sieht als Erstes die Lockenwickler, die große Wellen auf ihrem Kopf schlagen, dann das fahle Gesicht ohne den frechen Blick, von dem er auf hoher See so oft geträumt hat. Seine Verlobte sieht aus wie eine, die gleich Schweine füttern und dann die Wäsche waschen geht, nicht wie die junge Dame in Straßburg, die ihn so sicher durch die Stadt geführt und verzaubert hatte.

Das Leben ist nicht immer der Traum, den deine Fantasie

mancher Tage Dir gesponnen hat, schreibt mein Großvater über diese zweite Begegnung mit Reni, bevor er dem verwundeten zukünftigem Schwiegervater ins kleine, graue Haus folgt, und da ist er also, der Satz, den er auch so oft zu meiner Mutter gesagt hat.

Ich wundere mich über die Ehrlichkeit – oder soll ich sagen: Boshaftigkeit? – seiner Aussage, darüber, dass er seine Enttäuschung bei Renis Anblick so viele Jahrzehnte später in seinen Mémoires nicht verbirgt.

Als Erstes betritt er den Keller, der gleich hinter der Haustür beginnt, ebenerdig und somit kein richtiger Keller, aber aus *terre battue*, weshalb dieser kalte, zugige Raum genutzt wird, um Kartoffeln und eingelegte Erbsen und Bohnen und selbst gemachte Marmelade zu lagern. Auch Obst und Gemüse aus dem Garten befinden sich hier, ein kleines Selbstversorgerlager. Weiter geht es durch den Holzkohleraum, in dessen Nische das Plumpsklo steht. Dann erst in einen gelb gefliesten Flur mit Hutablage und Haken für die Mäntel, von dem eine steile Treppe nach oben direkt in die Küche mit Holzdielenboden führt, in der es ein Spülbecken aus rosafarbenem Sandstein gibt und ein winziges Guckfenster. Der Holzherd, blank geputzt, bollert. Eine letzte Stufe noch, dann ist Anatol endlich in der Stube mit der niedrigen Decke, durch deren Fenster Reni zu ihm herabgeschaut hat.

Seine Verlobte ist nirgends zu sehen. Nur Mémère steht da und beäugt ihn wie einen, vor dem sie sich in Acht nehmen muss. Anatol kann die beiden kleinen Kissen hinter ihr auf dem Fenstersims sehen. Sie dienen als Ellenbogenschoner, das weiß er von daheim. Seine Mutter hat auch zwei am Fenster liegen. Wenn die Frauen nichts mehr zu tun haben, dann sind sie am Fenster und schauen hinaus, schieben sich je ein Kissen unter die Arme. So ist das. Im Elsass wie in Lothringen. Wenigstens das haben diese beiden Landstriche gemein.

Ein Quadrat Licht fällt auf den Boden und erhellt doch nicht den Raum. Anatol geht auf seine zukünftige Schwiegermutter zu, stellt sich ihr vor. Sie wischt sich die Hände am Nachthemd ab, nickt und sagt, ihre Tochter käme gleich wieder, mache sich nur geschwind zurecht, das Lächeln beinahe zahnlos.

Kurze Zeit später sitzt Anatol mit Reni und ihren Eltern in der Küche. Sie trinken Kaffee. Sogar den echten, der in einer weißen Dose aufbewahrt und nur für besondere Anlässe wie Geburtstag oder Weihnachten oder eben einen Matrosen für die Tochter hervorgeholt wird.

Der Herbst ist milde, sobald die Sonne den Morgen erhellt hat. Die Blätter orange wie das Licht. Anatol und Reni gehen viel spazieren. Mit jedem Meter, den sie gemeinsam zurücklegen, gewinnt seine Verlobte von dem Glanz zurück, den sie für ihn sowohl am Bahnsteig im Bensdorf als auch in Straßburg gehabt hatte.

Später sitzen sie auf dem moosgrünen Divan in der Stube, rücken von Stunde zu Stunde näher aneinander heran, tun schon mal so, als seien sie verheiratet.

Noch später nimmt Reni Anatol an die Hand, führt ihn nach draußen vors kleine, graue Haus und zeigt nach oben, zum Giebel hin, wo Maria mit ihrem Sohn in den Armen in einer Nische Schutz gefunden hat und jetzt auf die beiden hinabblickt. Reni verrät ihm, jeden Tag genau zu der Stelle gegangen zu sein, an der er jetzt stehe, und Maria darum gebeten zu haben, dass er bald zurückkehre aus Kiel, um endlich mit ihr in die Zukunft zu blicken.

Da legt Anatol den Arm um Reni, den er in Gedanken so oft schon um sie gelegt hat, und zieht sie zu sich heran. Gemeinsam lauschen sie dem Donnern der Kanonen von US-General Pattons Armee, das bereits aus Richtung Lunéville bis zu ihnen herüberdringt.

52

STEIN UND KALK

Stein und Kalk. Das ist das Bild, das mir aus dem Inneren des kleinen, grauen Hauses geblieben ist, zu dem wir immer nach unserem Besuch bei meinen Großeltern in der Rue de Katzenthal auf einen Sprung fuhren.

Pépère starb vor meiner Geburt, doch Mémère lebte lange, bei ihrem Tod war ich dreizehn Jahre alt.

Im Haus kam mir alles wie gegossen und dann ausgehärtet vor. Es gab keine weichen, schmiegsamen Materialien. Hart, karg, einfach. Die wenigen Möbel wie in einem Heimatmuseum, wurmstichiges Holz. In der Küche Blechtöpfe, die von der Decke hingen, zum Greifen nah.

Mémère saß immer, ganz gleich, wann wir ankamen, vor dem Guckfenster auf einem Stuhl, die Hände im Schoß, die Füße in klobigen Schuhen, die wie alles in diesem Haus aus einer anderen Zeit stammten. Vor ihr ein Korb, die Wolle darin von Stricknadeln aufgespießt; daneben, der Länge nach auf dem Boden ausgestreckt, Oreillette, die schmutzig weiße Katze mit dem Schlitz im Ohr und den fiebrig gelben Augen. Mémère redete mit dem Tier in einer Sprache, die ich nicht verstand und die mir doch irgendwie vertraut vorkam. Mit uns redete sie wenig. Dafür musterte sie uns umso mehr aus ihren milchigen

Augen, als wären wir Eindringlinge. Mir fiel ihr süßlicher Geruch auf, modrig wie feuchtes Laub – ein Geruch, der mich frösteln ließ, besonders dann, wenn ich sie mit den üblichen *bises* auf ihre hängenden Wangen begrüßte, und sie mich mit ihrem zahnlosen Mund zurückküsste. Dann nahm sie meine Hand in ihre, und ich konnte nicht davon ablassen, das Blau ihrer Äderchen zu verfolgen, das durch das braun befleckte Weiß ihrer Haut schien. Es waren die gleichen Hände, die meine Mutter ins Bett gebracht hatten, als sie mit fünf Jahren für drei Monate zu ihren Großeltern geschickt wurde, weil der neugeborene Bruder vor ihrem Keuchhusten geschützt werden musste. Es waren die gleichen Hände, die meine Mutter mit Kampfer einrieben, wenn sie krank war. Es waren die gleichen Hände, die meiner Mutter eine Bürste mit weichen Schweineborsten gereicht hatten, damit sie ihrem Pépère die drei verbliebenen Haare von rechts nach links oder von links nach rechts bürsten konnte. Es waren die gleichen Hände, die meiner Mutter gezeigt hatten, wie man Soßen für Fleisch und Fisch und Gemüse machte.

Wegen dieser Geschichten empfand ich eine große Zuneigung für die Frau in dem Kittel und der runden Brille. Ich liebte sie dafür, dass meine Mutter sie liebte. Daher gelang es mir, das Feuer in der Steinkälte des Hauses zu entfachen, dem kargen Blech der vielen Töpfe einen kupferfarbenen Anstrich zu verleihen, den Schlitz im Ohr der Katze zu vernähen, die Wolle im Korb zu einem ausladenden Teppich zu verstricken, der die Schritte dämpfte und die wenigen Worte wärmte. Es gelang mir sogar, Mémères braun gefleckte Haut als schön zu sehen, vor allem seit meine Mutter mir erklärt hatte, dass diese braunen Flecken nichts anderes seien als kleine Rosen – *Friedhofsröschen.*

Einmal fuhren wir nicht, wie sonst, allein zu Mémère, sondern in Begleitung von Grand-mi und Grand-papa. Es war kurz vor dem Tod meiner Urgroßmutter, und der Geruch nach modrigem Laub wehte uns bereits auf den Stufen vor dem Haus entgegen. Wir wussten, wir würden sie danach nicht mehr wiedersehen, und trugen daher eine besondere Atmosphäre in die Räume, eine Mischung aus andachtsvoll und dankerfüllt, noch einmal ein paar Momente mit ihr haben zu dürfen. Auch Mémère musste geahnt haben, dass es unsere letzte Begegnung sein würde. Denn zum ersten Mal erhob sie sich von ihrem Stuhl, als wir eintraten, und verzog ihren zahnlosen Mund zu einem Lächeln. Langsam kam sie auf uns zu, gestützt von einem Gehstock aus gebogenem Holz, der dort hinwies, wohin ihre klobigen Schuhe nachfolgten, schwer, als seien sie mit Blei gefüllt. Dann legte sie ihre Hand auf unsere Köpfe, begann bei meiner Mutter, endete mit ihrer Geste der Verabschiedung vom Leben bei mir. Die Tränen stiegen mir in die Augen, weil ich die Tränen in den Augen meiner Mutter sah, Tränen des Glücks und des Verlusts. Stumme Tränen. Ich wusste, es war nicht die Zeit, ihnen mit meinem Weinen zu begegnen, und so verhielt ich mich, wie es von mir erwartet wurde: *sage comme une image* – ein kleiner Reim, ein gängiger Ausdruck und die stetige Bitte meiner Mutter, kaum dass wir die Grenze nach Frankreich passiert hatten: anständig sein, nicht zeigen, was man fühlt, immer auf Distanz bleiben. Doch Mémère, das spürte ich, wollte hinter das brave Bild blicken, das ich abgab. Sie fragte mich etwas auf Elsässisch, das ich nicht verstand. Ich suchte Hilfe bei meinen Großeltern, die mir ihre Frage würden übersetzen können. Es war Grand-papa, der sofort reagierte, indem er Mémère zurechtwies, bloß kein Elsässisch zu sprechen, sondern ausschließlich Französisch. Damit galt Mémères Frage als beantwortet.

53

CARPE DIEM

Während die deutschen Soldaten in Zabern und Straßburg bereits Ende November 1944 kapitulieren, muss Anatol noch Dienst auf einem Schiff leisten, dass die Route Kiel-Hamburg befährt. So kann er sich Hamburg aus der Nähe ansehen, genauer gesagt die Reeperbahn. Er ist Matrose, und die Reeperbahn ist für die Matrosen da, *ça c'est sûr!*

Mit Heinz, einem Drogisten, mit dem er sich an Bord gut versteht, macht Anatol sich auf in die Nacht, seifenfrisch. Erst gehen sie in den Trichter, dann in die Jungmühle, ins Indra, ins Oberbayern, ins Café Beckmann und ins Hippodrom. Sie lassen sich von einem Lokal ins andere treiben, trinken sich die Kälte der Nacht warm, während glitzernde Revuemädchen durch die Luft hüpfen wie Jungrehe im Wald.

Anatol betritt mit Heinz die Regina Bar, das letzte Etablissement ihrer Tour an diesem Abend. Klein und gemütlich und stickig ist es dort. Zigarettenrauch schlängelt sich wie Geisternebel um die Frauen und Männer, genau richtig für einen Absacker, meint Heinz, der das Geld hat. Ständig klimpert er mit den Münzen in seiner Hand, wie ein Tick, um zu zeigen, dass er was wert ist.

In der dunklen Ecke spielt eine kleine Kapelle. Es ist spät, die Musiker scheinen müde zu sein, die Töne fransen aus, aber vielleicht sind es auch nur Anatols Ohren, die kaum ein Geräusch mehr aufnehmen können in dieser tänzelnden Nacht, in der die Küsse fliegen wie zuvor die Bomben in Kiel.

Ein Fräulein sitzt am Tresen, blond und schlank wie eine Pappel, fest verwurzelt mit dem Barhocker aus Holz und Samt. Sie zeigt dem Raum ihren Rücken mit einem Muttermal rechts neben der Wirbelsäule, groß wie ein Daumenabdruck. Anatol glaubt, sie zu kennen. Er weiß, das kann nicht sein, doch irgendetwas hat dieses Fräulein an sich, das ihm bekannt vorkommt, und es ist nicht das Muttermal.

Er stellt sich neben sie an den Tresen, bestellt eine Flasche Wein. Sauer wird er wahrscheinlich sein, zumindest haben sie bislang noch keinen anderen angeboten bekommen, und besser ist er allemal als das hopfendünne Bier. Aber ob sauer oder nicht, das ist nicht wichtig. Hauptsache, eine Flasche vor sich stehen haben. Die macht was her, die kann sich nicht jeder leisten. Da hat er Glück mit Heinz, dem Klimperer, wie er ihn ruft. Heinz lässt die Münzen springen.

Anatol ist keiner, der eine große Klappe hat und gleich rangeht an die Frauen. Doch jetzt, da er etwas in der Hand hat, das er anbieten kann, hilft es ihm über die Schüchternheit hinweg. Er dreht sich zum blonden Fräulein hin, hebt die Rotweinflasche an, »auch ein Glas?« In ihren Grübchen, das ihre Antwort ihr bildet, könnte er eine Erbse verschwinden lassen, wenn er eine hätte.

»Vielleicht kenne ich Sie!«, sagt er und schenkt ihr ein. Im schummrigen Licht besieht er sich ihr müdes Gesicht, ihre schmale Stirn. »Tragen Sie vielleicht einen rostigen Nagel als Glücksbringer bei sich?«

Das Fräulein hebt das Glas an, ihr rechtes Auge zuckt, fast unmerklich. Doch er sieht es, zwei Taktschläge am oberen Lid.

»Ja«, antwortet es, »heute schon.«

Anatol macht den Hals lang. »Carpe diem!«, sagt er, das ist Heinz' Trinkspruch, jedes Mal, hoch und runter damit, der Genuss liegt auch in der Menge.

Und dann klirren die Gläser so hell wie der anbrechende Morgen.

54

AFFÄRE BEENDET

Eine Handvoll Sterne löchern den schwarzen Himmel, glatt wie lackiertes Blech. Es ist Föhn, und der warme Wind lässt keine Wolke zu, klare Sicht, Champagnerluft. Ich sitze bei offenem Fenster an meinem Schreibtisch, atme sie ein, begleite Anatol nach Norwegen.

Als Hamburg am 1. Februar 1945 bombardiert wurde, ging es für ihn wieder in den Norden, hoch bis nach Bergen, wo bald schon ausgelassene Stimmung auf den Straßen herrscht. Der April ist schon fast vorbei, und die Norweger feiern das Ende des Krieges. Es wird gesungen, getanzt, getrunken, die Kapitulation der Deutschen bejubelt, die Nazis mit Bussen eingesammelt. Musikkorps spielen hier und dort, die Hände gehen vor Freude in die Höhe, überall läuft das Radio, das so lange beschlagnahmt gewesen war. Und Anatol? Er erhält zusammen mit seinen Kameraden den Befehl, sich im Lager Froiland nahe der Stadt Bergen einzufinden, über das ich sonst nicht viel erfahre. Nicht, wie groß es war. Nicht, ob es aus Baracken oder aus Zelten bestand. Nicht, wie viele Betten es gab. Nicht, ob ausreichend zu essen vorhanden war und ob sie arbeiten mussten, Holz fällen oder neue Wege bauen. Mein Großvater schreibt nur, dass er gleich nach seiner Ankunft im Lager hundertfünfzig Kronen als Kriegsbeute für die Norweger abgeben musste, dass das Lager nicht bewacht war, sondern von den Deutschen selbst organisiert wurde. Und dass die ranghohen Deutschen etwas für die Zerstreuung der Internierten machen wollten und daher Fremdsprachenkurse ins Leben riefen. Darüber ist mein Großvater besonders glücklich, das hält er fest: *très content.* Zumal er schon immer Englisch sprechen wollte. Und weil er im Lager zum ersten Mal etwas von dem Schriftsteller Julien Green hört, den er von da an verehren wird.

Ich suche Froiland auf der Landkarte und finde nichts in der Nähe von Bergen, das zutreffen könnte. Also setze ich mich mit dem Nationalarchiv Norwegen in Verbindung und bekomme zur Antwort, dass ihnen zwar keine Informationen zu einem Lager namens Froiland vorlägen, allerdings gebe es eine Kommune namens Frøland/Frøyland in Samnanger. Dort könnte ein Interimslager gewesen sein, aber sicher sei das nicht.

Ich schaue mir Fotos eines Kraftwerks an, das im Jahr 1912 in Frøland/Frøyland in Samnanger gebaut worden ist, etwa eine Autostunde von Bergen entfernt. Hat mein Großvater dieses Kraftwerk gesehen? Umringt von Wald, Wald, Wald, kaum Straßen, kaum Zivilisation, nur ein paar Häuser, die es damals vielleicht noch gar nicht gegeben hat, und ein nahe gelegener See, viel Niederschlag, kaum ein Tag ohne Regen. Oder war er ganz woanders gewesen und es ist nur Zufall, dass diese Kommune in der Nähe von Bergen gelegen ist und einen ähnlichen Namen trägt wie den, der in den Mémoires steht. Aber mehr noch als das frage ich mich, wie es sein kann, dass mein Großvater über Fremdsprachenkurse schreibt, während es in fast allen Zeitzeugenberichten, die ich von Lagerinsassen gelesen habe, über den alles beherrschenden Hunger geht. Kaum einen Eintrag gibt es in den Tagebüchern von Kriegsgefangenen, in dem nicht jedes Gramm notiert wurde, das es zu essen gab: ein Sechstel Brot, ein Achtel Brot, ein Zehntel Brot, süßen Tee, blassen Tee, heißes Wasser als Tee, Bohnensuppe, Kartoffelsuppe dünn, Wassersuppe mit Brennnesseleinlage. Auch Läuseplagen, fehlende Kleidung und medizinische Versorgung spielen eine große Rolle in den Notizen, ebenso die militärische Organisation: die Einteilung in Regimenter, Bataillone, Kompanien. Es gab Lagerführer, Kommandogeber, Morgenappelle.

Bei meinem Großvater heißt es, das Lager sei von Deutschen selbst geführt worden. Der Krieg ist gerade vorbei, und die deutschen Soldaten (oder im Falle meines Großvaters: auch Soldaten in deutscher Uniform) finden sich freiwillig in einem Camp ein und verwalten sich dort selbst, bis jemand kommt und ihnen sagt, was mit ihnen passiert?

Anfang Juli 1945 taucht eine französische Militärkommission auf, um alle elsässischen und lothringischen Soldaten abzuholen. Sie werden zuerst in einer Schule in Oslo untergebracht, von dort aus geht es am 11. Juli weiter in ein schwedisches Lager namens Axwall-Karsta, in dem mein Großvater auf andere Franzosen trifft, die von überall her aus Norwegen kommen.

Axwall-Karsta befindet sich an einem See – *magnifique* die Lage. Jeden Morgen und jeden Abend geht Anatol in diesem See schwimmen und übt den Dreierzug, den er noch nicht richtig beherrscht. Im Lager hat er nun Zeit und Platz und Lust, sich der Schwimmtechnik zu widmen. Am meisten genießt er die angenehme Temperatur des Wassers, *douce*. Sobald er ausgeschwommen hat, macht er den toten Mann, legt sich auf den Rücken und lässt sich treiben, den Blick gen Himmel gerichtet, der nie weiter war als über diesem See. Es ist ein angenehmes Spiel, das Bewegung und Stillstand vereint, unten Wasser, oben Himmel, blau auf blau, ein Schwebezustand. Es ist auch ein Leben zwischen den Welten. Die eine ist vergangen, seit der Krieg vorbei ist, und die andere hat noch nicht begonnen, weil im Lager nichts Neues beginnt. Das Warten markiert den Bereich dazwischen und den Übergang, der ihm noch bevorsteht, so wie auch der gesamte Krieg für ihn ein Warten war. Warten auf Ausgang. Warten auf Urlaub. Warten auf Post. Warten auf die Examenszulassung. Warten darauf, dass nichts passiert. Warten darauf, dass etwas passiert.

Am 30. Juli 1945 ist es endlich so weit, und Anatol wird über Dänemark, Hamburg, Belgien nach Frankreich gebracht, erst in den Norden, dann zur Endstation Chalon-sur-Sâone im Burgund, wo er vom französischen Militär über jene vergangene Welt befragt wird:

Nazi? Oui ou non? – Nein. Aber Stipendiat des Deutschen Reiches und daher Mitglied des Nationalsozialistischen Deutschen Studentenbunds, es ging ja nicht anders, sine qua non.

Der Offizier bestätigt ihm die Aussage – *et l'affaire était classée – und damit war diese Affäre beendet.*

Ich setze mich mit dem Riksarkivet in Schweden in Verbindung, um mehr über das Lager Axvall-Karsta zu erfahren, über das Leben dort und deren Insassen. Auch hier erhalte ich bald Antwort. Es habe ein Auffanglager Axwall gegeben, in dem überwiegend Polen untergekommen waren. Allerdings seien viele Dokumente nicht erhalten geblieben. Fotos und Berichte von Zeitzeugen gebe es nicht. Und auch keinen Eintrag über meinen Großvater, wobei nicht jeder Name dokumentiert sei.

55

RÜCKKEHR

Nach seiner Rückkehr verbringt Anatole zuerst zwei Tage in der Clinique Bethesda in Strasbourg. Nicht etwa, weil er krank ist, sondern weil er dort medizinisch untersucht wird. Wahrscheinlich kam auch Läusepulver zum Einsatz – eine gängige Prozedur damals.

Seine Reni, die ab jetzt wieder Renée heißt, genauso wie er wieder ein »e« an seinen Vornamen hängen darf und ein »y« statt des »i« an seinen Nachnamen, der Krieg ist ja vorbei und damit auch die deutsche Sprache und die deutschen Namen und überhaupt wird alles, was mit Deutsch zu tun hat, ausradiert, ausgeblendet, nie wieder – seine Reni kommt also nach Strasbourg, um ihn abzuholen, es ist geschafft.

Sie sehen sich das vierte Mal in ihrem Leben. Fast ein Jahr ist zwischen dem jüngsten Treffen auf dem moosgrünen Divan in der Stube von Eckartswiller und jetzt vergangen. Doch die Wiedersehensfreude steht nicht im Vordergrund, denn seine Verlobte bringt ihm die Post, die Anatole an ihre Adresse hatte schicken lassen. Und mit der Post schlechte Nachrichten: Le ministre de l'Éducation nationale, ausgerechnet ein Elsässer, erkennt sein Examen nicht an, zumindest nicht zu hundert Prozent, sondern nur zu fünfzig.

Anatole ist *furieux*. Wieder steht er vor dem Nichts, fühlt sich verraten – ausgerechnet von einem Landsmann, der es besser wissen müsste. Er will doch endlich einmal jemand sein! Vor allem jetzt, da der Krieg vorbei ist und seine Zukünftige Erwartungen an ihn stellt, die er auch erfüllen will. In ein paar Monaten wird er siebenundzwanzig Jahre alt werden und hat nichts vorzuweisen.

Was hat er nicht gekämpft für sein Diplom, das man ihm jetzt wieder entzieht, als sei es nichts wert. Gut, dass die Kenntnisse über Hitlers *Mein Kampf*, die ein Teil seiner Prüfung gewesen waren, nicht zählen, das versteht er, klar. Aber es ist nicht so, dass er nur dafür monatelang gebüffelt hatte. Das deutsche Examen ist ihm alles andere als hinterhergeworfen worden.

Wieder muss er sich an der Fakultät einschreiben. Er benötigt eine zweite Fremdsprache im Mündlichen. Er denkt an das Lager Froiland zurück, in dem er Englischunterricht erhalten hatte. *Very intensive* war das gewesen. Trotzdem glaubt er nicht, es mit Englisch schaffen zu können. Also wählt er Italienisch, das kann er zwar überhaupt nicht, aber wenigstens hat er Latein gelernt. Abgesehen davon muss er meistens nur ein paar Endungen im Französischen ändern, schon hat er das richtige italienische Wort. *La guerre – la guerra*, das fällt ihm leicht, wobei ihm gerade nichts leichtfällt, im Gegenteil, verbittert ist er.

Von Pépère leiht er sich ein Fahrrad und radelt von dort aus zu seinen Eltern, von denen er seit vielen Monaten nichts mehr gehört hat. Bei seinen Schwiegereltern kann er nicht bleiben. Noch sind Renée und er nicht verheiratet. Und irgendwo muss er ja wohnen.

Zweiundfünfzig Kilometer fährt Anatole an kaputten Weilern und Dörfern vorbei. Das Fahrradfahren macht ihm Spaß. Der Wind weht durch sein Haar. Die Sonne scheint. Es ist Sommer und es gibt Frieden. Doch die Wege sind in einem katastrophalen Zustand. Stellenweise ist an Fahren gar nicht zu denken. Schieben muss er. Die Strecke zieht sich hin, auch das Elend der Dörfer und Weiler, von dem die vielen zerstörten Häuser erzählen.

Seit August 1944, als er noch an Bord der *Adria* gewesen war und die Feuer über Kiel gezählt hatte, hatten seine Eltern keine ruhige Minute mehr in Kapellenhof erlebt. Die Soldaten liefen über ihre Felder, traten ihnen mit ihren Stiefeln die Ernte kaputt. Post erreichte sie schon lange nicht mehr. Wo ihr Sohn war und ob er noch lebte, wussten sie nicht. Auch nicht, wie sie an Lebensmittel gelangen sollten. Sie waren abgeschnitten von der Welt, lebten mitten im Kampfgebiet. Die Flieger brausten über der Gegend, ein permanentes Knallen am Himmel und dazu der Donner der Geschütze ganz in der Nähe, wo die Deutschen ein Schießlager aufgebaut hatten.

Am 8. Oktober 1944 waren sie ein drittes Mal in ihrem Leben aufgefordert worden, ihr Zuhause zu verlassen. Doch alle Wohnungen in den umliegenden Dörfern waren bereits besetzt von den Flüchtlingen aus der Metzer Gegend, da war nichts zu machen. Es gab kein Ankommen und kein Unterkommen, nur Chaos. Sie schliefen mal hier, mal dort. Als die Amerikaner dann die Stadt Bitche einnahmen, machten sie sich wieder auf nach Kapellenhof, im Gepäck trockene Früchte, zwei Matratzen, zwei Ziegen.

Fast jedes Haus in Kapellenhof war zerstört worden. Ihres stand zwar noch, hatte aber keine Fenster mehr. Alles verwüstet, überall Unrat, Dreck. Das Brennholz geklaut, natürlich auch die Kohlen, die sie benötigt hätten, um zu heizen.

Joseph fällte ein paar dürre Bäume hinterm Haus, es blieb ihnen nichts anderes übrig, wenn sie nicht erfrieren wollten, der Frühling wollte einfach nicht kommen. Draußen hagelte es, das Trommeln furchteinflößend. An Schlaf war nicht zu denken. Zu kalt, zu laut.

Als Klein-Sibirien hatte der russische Kriegsgefangene Anatolij vor vielen Jahren ihren Weiler bezeichnet. Nun, da Gersande schlotterte, musste sie wieder an ihn denken und auch daran, wie das Leben oft fürchterlich mit einem spielte und dass es vielleicht dazu kommen könnte, dass sich Anatolij und Anatole an der Front gegenüberstehen, und mehr noch, dass Anatolij vielleicht ihren Anatole erschießt oder umgekehrt.

Gersande wusste, wie es um die meisten Söhne ihrer Nachbarn stand. An die Ostfront waren sie geschickt worden, viele waren schon tot oder galten als vermisst. Nur wenige lebten noch. Sie hatte die Liste der Gefallenen gelesen und war mit dem sich Bekreuzigen gar nicht mehr fertig geworden.

Als eines Abends im April, der Frühling war nun endlich da, ein Blitz neben dem Brunnen vor dem Haus einschlug und ein Loch in den Boden brannte, verstand Gersande das als eine Warnung von oben. Sie müssten mehr tun, damit nicht das Schlimmste geschah. Und so entschied sie, ein Kreuz müsse her, eine Gabe an Gott. Nur so könnten sie ihren Sohn vor dem retten, was so vielen anderen Söhnen des Dorfes widerfahren war.

Joseph hingegen glaubte nicht an Zeichen, die vom Himmel kamen. Er hatte ihn lange genug studiert, als er im Ersten Weltkrieg im Schützengraben gesessen und darauf gewartet hatte, dass sie angegriffen wurden. Er kannte jedes Detail am Himmel. Ja, er glaubte sogar, ihn durchschaut zu haben. Von da oben kam nichts, das hilfreich für jemanden wie sie da unten war. Er glaubte auch, dass gar kein Blitz vor dem Brunnen eingeschlagen hatte. Das Loch war schon vorher dagewesen. Doch Gersande wollte das nicht einsehen, weshalb Joseph am nächsten Morgen eine der zwei Ziegen aus dem Stall holte und sie dem Steinmetz am Ende der Straße brachte. Ziege gegen Kreuz, das war die Vereinbarung. Ein hoher Preis, allerdings nicht sonderlich viel, wenn man dafür den Sohn zurückbekäme, von dem sie seit einer Ewigkeit keine Feldpost mehr erhalten hatten. Seine letzte Nachricht – unleserlich. Zu verwischt waren die Worte gewesen, wie über Wochen aufgeweicht in einem dichten Küstennebel.

Der Holzkarren, den Joseph zog, ächzte unter der Last des Kreuzes. Holprig war der Weg, was es schwierig machte, den Karren um die Bodenlöcher zu manövrieren. Kurz bevor er wieder vor dem Haus stand, brach ein Rad ab. Der Nachbarsjunge kam ihm zu Hilfe, zu jung, um einberufen zu werden, aber alt genug, um schwere Lasten zu heben. Gemeinsam trugen sie den Kreuzstock in den Garten, stellten ihn dort auf, wo angeblich der Blitz eingeschlagen hatte. Gersande schaute ihnen dabei zu, wartete, bis die Männer nach getaner Arbeit zwei Schritte zurücktraten, um sie vorzulassen. Sie verneigte sich vor dem Kruzifix, ging in die Knie, dass ihr Rock die Erde berührte, und streichelte den Sohn Gottes mit einer Zärtlichkeit, die Joseph von ihr nie hatte verspüren dürfen.

Die Sonne brennt auf das Gemäuer der Kleinmühle am Fuße des Hügels von Kapellenhof, als Anatole endlich in seinem Geburtsweiler ankommt. Genau dort hatte er als kleiner Junge immer seinen Schlitten abgestellt, um den restlichen Weg zur Schule zu Fuß durch den Schnee zu gehen. Er hatte seine Schuhe in die Fußstapfen anderer gesetzt, sodass niemand seine Spur verfolgen konnte. *Se faire invisible* hatte er das Spiel genannt und sich mächtig über seine List gefreut. An der Holzwand, in der Ecke, geschützt vom ausladenden Dach der Mühle, entdeckt er ein altes Plakat, weiß mit schwarzer Schrift. Es stammt noch aus der Zeit der ersten Evakuierungsmaßnahme. Die ersten drei Zeilen sind in Fraktur geschrieben und unterstrichen: *Achtung! Wer plündert wird erschossen.* Die letzten vier in Serifenschrift: *Attention! Tout acte de pillage sera puni de peine de mort!* Gebracht hat diese Androhung nichts. Schon damals war geplündert worden, so wie später, unter deutscher Besatzung.

Anatole fährt an den ersten Häusern vorbei. Eingeschlagene Fenster, viele Türen fehlen. Kein Holz, kein Stroh, kein Mist. Auch keine Stalltiere mehr, und damit kein Fleisch und keine Milch. Nur Katzen gibt es und Mäuse, er kann nicht sagen, welche Spezies in der Überzahl ist.

Das Chaos der Zerstörung haben seine Eltern seit ihrer Rückkehr so gut es ging beseitigt. Er sieht es sofort. Denn neben dem Misthaufen vor der Tür gibt es einen weiteren Haufen. Er besteht aus dem kaputten Inventar, bedeckt von einer dünnen Blütenstaubschicht, aus der ein Stuhlbein herausschaut wie ein Fahnenmast ohne Flagge.

Der Stall ist leer, ein schwarzes Loch. Ein paar der Planken der Stalltüre sind noch vorhanden, die anderen wurden über die eingeschlagenen Fenster genagelt, wahrscheinlich um Regen, Schnee und Wind vor dem Eindringen ins Haus abzuhalten.

Anatole betritt die ehemals gute Stube, die nun nur noch ein Notbehelf ist. In der Mitte ein selbst gezimmerter Tisch, leicht schief. Auf dem Herd brodeln faustdicke Runkeln in einem Blechtopf, in dem seine Mutter früher die Wäsche gewaschen hat. Es ist dunkel im Haus, nur wenig Licht dringt durch die Ritzen der vernagelten Fenster.

Seine Mutter traut ihren Augen nicht, als sie, aufgeweckt von einem Geräusch, aus dem Schlafzimmer in die gute Stube tritt. »Er isch do!«, ruft sie aus, während zwischen ihren Fingern die hölzernen Perlen des Rosenkranzes wandern, die Anatole glänzender vorkommen als sonst.

56

DAS MENSCH

Es wird Pfingsten 1947 werden, bis Anatole seine Verlobte zum ersten Mal mit zu seinen Eltern nimmt. Er ist aufgeregt, denn er fühlt sich schlecht dabei, Renée diese ärmliche Gegend zu zeigen mit diesen ärmlichen Eltern, die ärmliche Ziegen füttern und ärmlichen Kühen die ärmlichen Euter leeren. Er hatte sich alles anders vorgestellt. Dass er gleich nach dem Krieg eine anständige Arbeit hätte, ein anständiges Gehalt und eine anständige Wohnung mit einem anständigen Bett, zu dem er seine Ehefrau hätte führen können, um einen anständigen Sohn zu zeugen. Er hatte davon geträumt, mit Renée Arm in Arm durch die Straßen zu gehen, damit sie sehe, mit welchem Respekt er von Nachbarn, Kindern, Fremden begrüßt würde, auch ohne eine Uniform zu tragen. Doch stattdessen geht er auf die Dreißig zu, hat immer noch nicht geheiratet, wie auch ohne Geld und Anstellung, lebt nach wie vor bei seinen Eltern, arbeitet auf dem Hof mit und bewirbt sich unermüdlich als Referendar, während seine Verlobte in Saverne als Zahnarztassistentin mehr Geld verdient als er. Charles de Gaulle hatte seinem Land harte Aufbaujahre angekündigt. Am Ende ging es dann doch schneller, aber für Anatole heißt es immer noch: keine Anstellung. Und die Uniform, die all das, was er nicht ist, kaschiert hat, ist auch weg.

Sie nähern sich dem Haus in der Petit Réderching zu Fuß. Es ist ein windstiller Tag, laut summen Insekten in den Sträuchern am Wegesrand. Die Steine unter ihren Schuhsohlen knirschen. Sie füllen die gröbsten Schlaglöcher auf der Straße, Staub wirbelt auf.

Maintenant, je vais te faire découvrir le pays, où fleurissent des mirabelliers – Jetzt werde ich dir das Land zeigen, wo die Mirabellen blühen, sagt Anatole, um das Schönste zu sagen, das ihm zu seiner Heimat einfällt. Renée reagiert nicht darauf, läuft schweigend neben ihm her. Sie trägt das zitronengelbe Kleid mit den bunten Blumen, das sie auch anhatte, als er ihr in Strasbourg den Antrag gemacht hatte. *Comme elle était belle!* Sie weicht den unebenen Stellen im Boden aus.

Anatole sieht ihr an, wie enttäuscht sie ist von der Einfachheit der ländlichen Gegend und dieser Abgeschiedenheit. Es ist nicht so, dass sie nicht auch vom Land käme. Selbst bei ihren Eltern, die weder Kühe noch Ziegen halten, gibt es einen Misthaufen, wenn auch hinter dem Haus und nicht davor. Das unterscheide die Elsässer von den Lothringern, behauptet Renée. Die Lothringer würden selbst mit ihrem Mist angeben wollen. Die Elsässer hingegen wüssten, wohin er gehöre. Aber Anatole weiß, auch in Eckartswiller blökt immer irgendwo eine Ziege oder schreit eine Kuh, der das volle Euter drückt. Das Dorf seiner Verlobten ist bei weitem keine Metropole, sondern auch nur ein Kaff neben und vor und hinter einem anderen Kaff, das mit dem Nachkriegshunger zu kämpfen hat. Und doch ist es anders im Elsass. Als würden die Uhren in dieser Region schneller ticken als in Lothringen, als würde sich dort vieles schneller richten.

Anatole wird recht behalten. Kapellenhof gefällt Renée gar nicht. Doch liegt es nicht an der ländlichen Gegend. Es liegt an der Schwiegermutter, die sie nur *das Mensch* nennt und die Schränke vor ihr absperrt, damit sie nicht sieht, was drin ist und auch nichts herausnimmt.

57

DER VERLORENE RING

Mit seinem ersten Gehalt als Lehrer betritt Anatole eine Bijouterie in Saverne. Der Schmuckladen hat neu aufgemacht. Bis vor Kurzem war dort noch eine Boucherie gewesen. Doch dann kam der Tag mit den Hakenkreuzen. Mit Teer waren sie auf die Eingangstür und quer über die Schaufensterscheibe geschmiert worden. Darunter die Buchstaben W. W. H. I. R.

Anatole war damals zufällig auf die Menschenmenge aufmerksam geworden, als er ein paar Besorgungen in der Stadt zu erledigen hatte. Die Polizei hatte das Trottoir vor dem Geschäft bereits abgesperrt und bemühte sich, die Wut der Leute unter Kontrolle zu bringen. Diese waren gekommen, um gegen eine Kollaborateurin zu protestieren, die bei ihrem Bruder, dem Metzger, untergekommen war, nachdem sie sich zuvor in Deutschland versteckt gehalten hatte. Während ihre Vergehen von den Protestierenden aufgezählt wurden, trat der Metzger vor die Tür und begann unter Beschimpfungen damit, die Schmierereien zu entfernen. Er fing bei den Haken an, dann kamen die Buchstaben dran. Schwarzer Schaum tropfte zu Boden, und allmählich löste sich die Bedeutung der Buchstaben, *Wir Wollen Heim Ins Reich*, im Dreck der Straße auf.

Ein paar Tage später war die Boucherie geschlossen. *Fermé pour toujours* stand auf einem Schild aus Pappe, das in dem Schaufenster lag, an dem noch schwarze, schmierige Schlieren an den Vorfall erinnerten.

Jetzt sind die Scheiben sauber. Nur noch die Fliesen an der Wand hinter der Auslage verweisen auf das alte Geschäft mit dem Fleisch. Auch eine der Vitrinen kommt Anatole bekannt vor. Ansonsten ist alles neu gemacht worden, vor allem das Licht in gläsernen Kugeln, das warm auf die Auslage mit dem Schmuck leuchtet. Der Inhaber sieht auf, als die Glocke über der Tür scheppert und Anatole eintritt.

Er sucht – es ist nun endlich an der Zeit – nach einem Ehering für sich und für seine Verlobte. Aus Gold sollte er sein und schmal, damit er gut zu Renées schlanken Fingern passt. Auch seiner darf schmal sein, sodass er ihn kaum spürt. Er mag keinen Schmuck, ganz im Gegensatz zu seiner zukünftigen Frau, die davon träumt, sich irgendwann einmal zu behängen wie ein Weihnachtsbaum.

Anatole besieht sich die Eheringe in der Auslage. Viel Auswahl gibt es nicht. Er deutet auf ein schmales Pärchen, lässt es sich zeigen. Sein Ring passt perfekt. Problemlos kann er ihn wieder abziehen. Auch der von Renée scheint ihm die richtige Größe zu haben. Allein der Preis stimmt nicht.

Der Inhaber versteht das Problem sofort und verschwindet für einen Moment im Hinterzimmer, das nur durch einen Vorhang vom Laden getrennt ist. Früher hatte der Metzger aus diesem Raum Wurst und Fleisch geholt oder ein weiteres, scharfes Messer. Anatole steigt unwillkürlich ein leicht säuerlicher Geruch in die Nase, als der Juwelier den Vorhang wieder zur Seite schiebt und ihm eine Art Bilderrahmen hinhält. Ein Dutzend goldfarbener Trauringe, breite und schmale, mit und ohne Steine, stecken dort in einer Stoffbespannung aus falschem Samt. Jetzt stimmen Auswahl und Preis. Auch Farbe und Form. Anatole ist zufrieden. Noch eine kleine blaue Schatulle dazu, und dann schnell zu Renée. Er sieht sie schon staunend vor sich. Lange hat sie auf diesen Moment warten müssen.

Als Anatole bei seiner Verlobten ankommt und in der Manteltasche nach der Schatulle greift, fasst er ins Leere. Die Ringe sind weg, verloren auf dem Weg von Saverne nach Eckartswiller. Er kann es kaum glauben. Wie konnte ihm, der sonst immer alle Sachen beisammenhat, das nur passieren?

Sofort überlegt er, ob er den Verlust als Zeichen deuten müsse, dass Renée und er vielleicht doch nicht füreinander bestimmt sind. Henni würde das tun, da ist er sich sicher. Sie würde ihm den Kopf waschen, wenn sie davon wüsste. Doch den Kopf wäscht sie ihm auch so, ohne dass sie eine Ahnung vom verlorenen Ring hat. Kaum einen Brief bekommt er von ihr, in dem sie nicht versucht, ihn doch noch umzustimmen – *Deine persönliche innere Haltung als Lothringer könntest du dir gut und gern in Dein schönes blondes Haar schmieren, jetzt, da der Krieg hinter uns liegt. Oder willst du denn ewig ein Kamel bleiben?*

Gerade als Anatole loswill, um nach dem Ring zu suchen, irgendwo muss er doch sein, so ein Schmuckkästchen löst sich doch nicht in Luft auf!, klopft es an der Haustür. Ein Nachbar steht davor und reicht ihm die blaue Schatulle, die er am Wegesrand zwischen Kratzdisteln und Gewürzsumach gefunden hat.

»Meine Mutter tauschte den Ring später gegen einen anderen aus, einen aus echtem Gold«, sagt meine Mutter. »Ihr jüngerer Bruder erkannte sofort, dass der geschenkte keinen Wert hatte. Also fertigte er meiner Mutter einen aus Gold an, der genauso aussah wie der, den mein Vater ihr gegeben hatte. So trug sie von da an den falschen, aber echten Ehering. Aber dass aus der Boucherie ein Schmuckladen wurde – niemals! Das wüsste ich.«

58

DIE SACHE MIT DEN WÜRSTEN

Dann nahm endlich alles seinen Lauf: Hochzeit, erste Wohnung, erstes Kind.

Kurz nach der Geburt meiner Mutter im Jahr 1949 fahren Anatole und Renée für vier Wochen nach Kapellenhof, um bei der Kartoffelernte zu helfen. Es ist dringend nötig. Joseph geht schon länger die Kraft aus. Und auch Gersande klagt viel, vor allem über Schmerzen in den Fingern und in den Beinen. Während die anderen auf dem Feld arbeiten, soll sich Renée um das Essen kümmern – und um das Baby natürlich.

Renée kommt nur widerwillig mit. Sie hat die Anfeindungen ihrer Schwiegermutter satt. Vor allem die Kommentare, die Gersande immer abgibt, wenn sie alleine sind und Anatole sie nicht hören kann. Dann verwandeln sich all ihre Klagen plötzlich in Sticheleien, dass Henni ihr viel lieber gewesen wäre als eine Elsässerin, die nichts könne. Henni hier, Henni da. Einmal hat sie sogar eine der Schubladen geöffnet, die sie vor ihr normalerweise verschlossen hält, hat daraus einen Packen Briefe hervorgezogen und damit vor Renées Nase herumgewedelt, nur um ihr zu zeigen, wie gut sie sich nach wie vor mit Henni versteht, schon immer verstanden hat.

Mit Joseph hingegen versteht sich Renée sehr gut. Er ist so anders als seine Frau, herzensgut und interessiert, anders auch als sein Sohn. Ihm will sie unbedingt ihre Tochter zeigen, es ist das erste Mal.

An einem milden Spätsommertag gibt es zum Abendessen ausnahmsweise Würste. Renée ist am Vormittag mit der Kleinen im Kinderwagen über die Schotterstraße bis zum Metzger nach Hottviller gegangen. Eine Tortour ist das gewesen, nicht nur für sie, sondern auch für das Kleine, das so stark durchgerüttelt wurde, dass es unmöglich einschlafen konnte. Doch die Aussicht auf Würste machten den beschwerlichen Weg für Renée wett.

Es gibt selten Fleisch im Haus der Schwiegereltern, überhaupt gibt es selten viel zu essen, meist das, was der Garten und das Feld hergeben. *Les Trente Glorieuses*, wie die Wirtschaftswunderjahre in Frankreich hießen, sind noch lange nicht in Anatoles Heimatdorf angekommen. Dort ist die Zeit stehen geblieben; kein Traktor weit und breit, dafür Sensen und Galoschen aus Holz.

La liberté sans joie – Befreiung ohne Freude, ächzt Anatole wie die meisten, die sich vorgestellt haben, nach dem Krieg würde vieles besser werden. Doch das dauert. Zu viel ist zerstört worden – Wohnungen, Straßen, Eisenbahnschienen, Brücken. Lebensmittelmarken gehören zum Alltag. Die Arbeitslosigkeit ist hoch, Anatole kann ein Lied davon singen. Und der Hunger plagt viele mehr als während des Krieges.

Als die Kartoffeln gar sind, legt Renée *la petite* schlafen. Bald werden sie vom Feld zurückkommen, bis dahin sollte alles bereitstehen. Sie deckt den Tisch, wartet. Als ihre Schwiegereltern und Anatole eintreten und sich einer nach dem anderen die Hände waschen, verteilt Renée das Abendessen auf die Teller. Dann wird gebetet. Nach dem Gebet wird nicht mehr geredet. Nicht am Tisch, aber auch sonst spart man an Worten. Der Tisch, ein furniertes Rechteck des Schweigens, an dem allein das Besteck klappert.

Kaum hat Renée begonnen, auf ihrem Teller die Kartoffeln zu halbieren, beginnt das Kind zu weinen. Renée steht auf, um es zu trösten und zu stillen, verschwindet in der Kammer, und das Klappern am Tisch geht weiter.

Als sie zurückkehrt, ist ihre Wurst nicht mehr auf dem Teller. »Wer het se gnumma?«, fragt sie. Niemand reagiert. Also wiederholt sie die Frage, sucht dabei die Augen ihres Mannes, die auf den Tisch gerichtet sind, als ginge ihn das alles nichts an.

Da sieht ihre Schwiegermutter auf, sagt: »Warsch ja nit do.«

Renée hofft, Anatole werde sie jetzt endlich ansehen, mehr noch, er werde sie unterstützen, seine Mutter zurechtweisen, so gehe das nicht, seine Frau müsse genügend essen, sie ernähre nicht nur sich, sondern auch die Tochter, das Enkelkind. Doch er sagt nichts, stiert nur weiter auf den Teller, nimmt gelegentlich einen Bissen von der Wurst, für die Renée so weit gegangen ist.

In den Mémoires finde ich eine Stelle dazu. Mein Großvater schreibt: Waschechte Lothringer seien seine Eltern gewesen, *durs et rudes.* Sie hätten wenig Verständnis gezeigt für ihre Schwiegertochter, die sie schon allein deswegen ablehnten, weil sie Elsässerin war und nicht aus Lothringen stammte.

Und mein Großvater? Hatte er Verständnis für seine Frau?

Gedemütigt habe er sich gefühlt, als sie samt Kind abgereist sei, um bei ihren Eltern jene Unterstützung zu bekommen, die sie von ihrem Mann vermisst habe. Aber ihr nachzufahren ist ihm nicht in den Sinn gekommen. Helfen habe er seinen Eltern müssen. Und was soll eine Frau auch allein mit Kind? Sie würde schon wiederkommen, sobald sie sich beruhigt habe.

59
DER SCHWARZE FLECK

Mulhouse 1950: Das Badezimmer hat kein Fenster, dafür einen großen Spiegel an der Wand. Damals, beim Militär in Poitiers, hatte Anatole auch einen Spiegel, dafür kein Bad. Um sich frisch zu machen, ging er nach draußen in den Waschraum. Der Spiegel aber war im Flur neben der Kasernentür gehangen und voller schwarzer Flecke gewesen, kurz davor zu erblinden. Das liege am *mauvais sel,* hatte ihm Claude, der spätere Klaus, damals erklärt, nachdem sich Anatole bei ihm darüber beklagt hatte, sich noch nie richtig in der Uniform der Artillerie zu Gesicht bekommen zu haben. Das böse Salz setze sich in den Ritzen des Glases ab und nehme einem mit der Zeit das Bild von sich selbst.

Jetzt, in Mulhouse, wo er eine Stelle als Hilfslehrer erhalten hat, wieder einmal, alles wiederholt sich und doch auch nicht, ist der Spiegel blank. Bis auf ein paar fettige Abdrücke am unteren Rand, dort, wo die Rosen aus Metall einen verspielten Abschluss des Spiegels bilden. Seine Tochter beginnt gerade zu laufen, zieht sich an allem hoch. Renée wischt den Tapsern des Mädchens hinterher und kommt ihm doch nicht nach. Überall hinterlässt das Kind Spuren.

Anatole blickt an sich herunter, betrachtet einen hageren Mann in grauen Hosen und dunkelblauem Pullover. Der

Ring am Finger verrät seinen Ehestand; die Aktentasche aus braunem Leder, die er neben sich am Boden abgestellt hat, seinen Berufsstand, endlich, nach langen, harten Jahren, er ist jetzt zweiunddreißig Jahre alt; er sieht einen klugen Menschen, einen, der sich *Professeur* nennen darf, einen, der nicht nur Wissen, sondern auch Werte zu vermitteln weiß. Einen Mann mit Prinzipien. Er könnte zufrieden sein mit sich – und ist es nicht.

Ich wollte mich immer vom Korsett der Vergangenheit befreien, wird er später an Henni schreiben.

Anatole hebt das Kinn, verengt die Augen. Seit fünf Jahren ist der Krieg vorbei. Seit fünf Jahren untersagt er sich, an früher zu denken. Seit fünf Jahren weigert er sich, mit seinen Eltern, Schwiegereltern, Freunden, Nachbarn, der Vermieterin, seiner Frau und seinem Kind auch nur ein deutschstämmiges Wort zu reden – Ausnahme: im Unterricht, dort muss er ja, das ist seine Arbeit, obgleich im Klassenzimmer an der Wand hinter ihm das Plakat hängt: *Défense de cracher par terre et de parler allemand! – Auf den Boden spucken und deutsch sprechen verboten!*

Und dennoch klebt die einstige Marineuniform an ihm. Sie versteckt sich in dem Blau des Pullovers, im Schnitt der Hose. Sie kratzt an seinem Hals, wenn er abends die ewig raue Hautstelle mit fettiger Creme einschmiert. Sie verdeckt das lichter werdende Haar an den Schläfen. Er sieht die Uniform überall, nicht nur an sich, auch an den Männern, denen er auf der Straße begegnet, im Parc Salvator, in der Boulangerie, auf dem Schulhof. Er kann sie nicht ablegen. Sie haftet an ihm wie Pech, schwer von Scham. Aber überdecken kann er sie, das ist möglich, das weiß er. Er kann allen zeigen, dass er bereit wäre, für Frankreich zu kämpfen, freiwillig.

Die Tür geht auf, seine Tochter tapst herein, hält sich an seinem Hosenbein fest, und Anatole beschließt, während sich die Fingerchen der Kleinen in den Stoff der Hose krallen, wieder zum Militär zu gehen. Er will dort weitermachen, wo er bei der Artillerie in Poitiers aufgehört hat.

In den großen Ferien fährt er erstmals für vier Wochen nach Idar-Oberstein, um auf die École d'Artillerie zu gehen.

Französischer Offizier hatte er werden wollen, bevor die Deutschen ihm einen Strich durch die Rechnung gemacht hatten. Er weiß, Offizier wird er nicht mehr werden, er will auch keine Karriere beim Militär mehr machen, er wäre schon dankbar, wenn er an der Schule fest angestellt werden würde. Aber was er eigentlich will: sich mit der französischen Uniform reinwaschen von der Schuld, die andere Franzosen, die Richtigen, die, die nicht zwangsrekrutiert worden waren, ihm anheften, obwohl sie keine Ahnung haben. So jedenfalls denkt er es sich.

Einen Monat wird er auf dem Truppenübungsplatz Baumholder verbringen und das Schießen üben wie damals Anfang zwanzig, als er auch das Reiten auf schwarzen Hengsten lernte. Die Uniform sitzt gut. Besser als je zuvor. Er fühlt sich wohl in ihr. Mit ihr kann er sich zeigen. In Deutschland. In Frankreich. Überall. Mit ihr ist er ein Gewinner, kein Verlierer. Und das Beste: Am Ende gibt es ein Zeugnis, das ihm und der restlichen Welt bescheinigt, ein guter Franzose zu sein.

Ein einziges Foto gibt es von meinem Großvater aus der Zeit des französischen Militärs – nach dem Krieg. Es ist klein und von einem ovalen goldenen Rahmen eingefasst. Es hängt bei meinen Eltern im Wohnzimmer neben dem Foto, auf dem er mit seinen Eltern vor einer Hauswand zu sehen ist. Ansonsten hängt dort noch ein Bild von meiner Grandmi als junge, kokett in die Kamera blickende Frau; eines von Mémère kurz vor ihrem Tod, die Wangen und die Stirn voller *Friedhofsröschen*; eines von Pépère an einem Sommertag im Garten, sehr verschwommen, das Gesicht wie in Schlieren, als löste es sich gerade in der Sommerhitze auf.

Soweit ich mich erinnere, gab es diese Ahnengalerie schon immer bei meinen Eltern. Aber ich war nie bewusst vor ihr stehen geblieben, sondern immer nur an ihr vorbeigegangen.

Mein Großvater ist auf dem Abzug in dem goldenen Rahmen nicht größer als zwei Zentimeter und lehnt an einer hüfthohen Brüstung aus Stein. Hinter ihm ist das Meer zu sehen, das er nach dem Krieg angeblich nie wieder sehen wollte. Rechts im Bild erkennt man noch ein Stück von einer leicht hügeligen, mediterranen Landschaft. Es ist heiß. Die Sonne blendet meinen Großvater. Er kneift die Augen zusammen, konzentriert sich darauf zu posieren. Ich erkenne es an der vertikalen Falte auf seiner Stirn und daran, wie er das linke Bein etwas gekünstelt über das rechte geschlagen hat und mit der Fußspitze so auf den Boden tippt, als wollte er das Bein jeden Moment wie eine Revuetänzerin in die Luft heben. Er trägt eine Uniform, wahrscheinlich die der Artillerie nach dem Krieg. Sie gibt den

Blick auf ein paar Strümpfe im Rautenmuster frei, die bis über seine Waden gezogen sind. Die Hose dürfte braun sein, was ich nicht sehe, das Foto ist schwarz-weiß. In jedem Fall ist sie dunkler als die ebenfalls braune Hemdjacke, die zwei große Brusttaschen hat. In beiden scheint etwas drin zu sein, je ein Buch vielleicht. Unter der Hemdjacke trägt mein Großvater eine Art dunkle Krawatte und ein weißes Hemd mit spitzem Kragen. In der Hand hält er einen Zweig, mit dem eine Taube wegfliegen könnte. Das würde gut zu seinem friedlichen Gesichtsausdruck passen, dem Anflug des Lächelns auf seinen Lippen.

Auf diesem Foto scheint er fast er selbst zu sein.

60

AKTENEINSICHT

Die Kinder haben Sommerferien. Endlich finde ich Zeit, ins Elsass und nach Lothringen zu fahren, um meine Recherchen voranzubringen, da die Antwort vom Bundesarchiv noch aussteht.

Ich miete mir eine kleine Wohnung in Surbourg, etwa in der Mitte zwischen Strasbourg und Kapellenhof gelegen. Die Wohnung ist dunkel, aber sauber. Vom Balkon aus kann ich die Kirchturmspitzen der umliegenden Dörfer zählen. Es ist eine ländliche Gegend, umringt von viel Wald, Mischwald, schön. Eine scheinbar unberührte Natur. Dicht und weit zugleich.

Zunächst fahre ich in die Archives de la Ville et de l'Eurométropole de Strasbourg. Ein großer, heller Raum. Viele Tische. Eine ruhige Atmosphäre. Auch, weil nichts los ist. Ich bin die Erste an diesem Tag, die gekommen ist, um hier zu arbeiten. Es ist früher Vormittag. Ich trete an den Tresen und überreiche einem jungen Archivar auf einem weißen Blatt Papier all die Namen aus meiner Familie, über deren Vergangenheit zur Zeit der deutschen Besatzung ich etwas erfahren möchte.

Zu Grand-papa gibt es kein *dossier*. Ich freue mich darüber. Auch zu seinen Eltern gibt es keinen Treffer. Und ebenfalls nichts zu der guten, winterwarme Socken strickenden Mémère. Ich mache innerlich einen Luftsprung. Auch für meine Mutter mache ich einen, weil ich weiß, wie schlimm es für sie wäre, wenn es zu Mémère, die für sie Halt und Wärme und Lebensliebe bedeutet hatte, Akten geben würde.

Zu meinem Urgroßvater Pépère allerdings wird mir ein Dossier überreicht. Ich bin nicht überrascht, bin darauf gefasst, seit ich die Handvoll Dokumente von meiner Grandmi bekommen habe.

Ich drehe mich von dem jungen Archivar weg und blicke in den Raum, in dem immer noch niemand ist außer mir. Das ist gut. Denn ich habe das Gefühl, allein sein zu müssen mit dem, was mir ausgehändigt wurde.

An einem Tisch in der hintersten Ecke öffne ich vorsichtig die Akte, als könnte sich so alles zum Guten wenden. Ich blicke auf die gleichen Dokumente wie die, die bereits in meinem Besitz sind und die widersprüchliche Informationen enthalten. Doch dann stoße ich auf zwei Dokumente, von denen ich noch keine Kopie besitze und von denen ich mir wünschte, es würde auch keine geben. Weder Kopie noch ein Original. Ich schaue auf ein Personalblatt für elsässische Beamte und Angestellte und auf einen Abzug der NSDAP-Mitgliedskartei. Ich lese Pépères Namen, seinen Geburtstag, seinen Beruf: *Lok-Führer.* Seinen Charakter: *ehrlich.* Seine Stellung zur Gemeinschaft: *kameradschaftlich, opferfreudig.* Seine körperlichen Eigenschaften: *gewandt.* Sein äußerliches Erscheinungsbild: *rassistisch gut.* Seine weltanschauliche Haltung: *einsatzbereit.* Seine geistigen Fähigkeiten: *intelligent.* Ich lese seine Adresse, seine Ortsgruppe, seinen Gau. Ich lese das Datum, an dem er seine Aufnahme beantragte: *28. 5. 41.* Und ich lese, wann er in der NSDAP aufgenommen wurde: *13. 1. 42.* Also zweieinhalb Jahre, bevor mein Großvater meiner Grand-mi den Heiratsantrag machte. Und Grand-mi soll davon nichts gewusst haben? Immerhin war sie, als ihr Vater in die NSDAP aufgenommen wurde, sechzehn Jahre alt. Jung, ja, aber wohl alt und aufgeweckt genug, um zu sehen und zu verstehen. Wie dachte sie darüber? Oder wusste wirklich niemand davon? So, wie immer behauptet wurde? So, wie es in den meisten Familien behauptet wird? Wussten weder Mémère noch meine Grand-mi darüber Bescheid? Auch nicht das Dorf? Das kleine, kleine Dorf?

Nein, meine Eltern würden es nie zulassen, dass ich einen Deutschen heirate.

Ich halte ein weiteres Dokument in den Händen, das ich noch nicht kenne. Es ist Pépères Lebenslauf, von Hand geschrieben und in Sütterlin. Auf den ersten Blick ein schönes Stück Papier. Fein die Schrift und noch akkurater als die meines Großvaters. Ein Kunstwerk fast. Gezogene Linien wie ein gemaltes Geheimnis. Ich habe Mühe, es zu entziffern. Doch es gelingt mir, Buchstabe für Buchstabe, Wort für Wort, Zeile für Zeile. Ich lese mir einen Abschnitt seines Lebenslaufs, der ihm als Bewerbung gedient haben muss, halblaut vor, um die Bedeutung seiner Worte zu schmecken, bitter:

Ich bin nun von der deutschen Zivilverwaltung als Obmann der Gemeinde und Vertrauensmann des Sicherheitsdienstes ebendaselbst ernannt worden.

Beide Ämter verrichte ich ehrenamtlich. Als Bürgen für meine Loyalität zum Deutschtum benenne ich A. D. aus Zabern.

Ich schreibe den Namen des Bürgen auf und gehe wieder zu dem jungen Archivar. Ich halte ihm den Zettel hin wie Falschgeld und wundere mich, dass ich so einfach in der Vergangenheit irgendeines Mannes recherchieren kann. Ich werde warten müssen. Eigentlich bis zum nächsten Tag. Aber weil nichts los ist, erhalte ich das Dossier schon nach einer halben Stunde. Es ist umfangreich.

Diesmal bittet mich der junge Archivar, mich nicht mehr an den Tisch in der hintersten Ecke des Raumes zu setzen, sondern an einen weiter vorne. Ich frage nach dem Grund, er mustert mich und meint, so habe er mich besser im Blick. Einen kurzen Moment denke ich darüber nach, ihm zu sagen, dass er keinen Grund gebe, mir zu misstrauen, lasse es aber sein. Soll er doch. Soll er doch beobachten, wie ich in die Vergangenheit schaue.

Ich setze mich direkt vor ihm hin, lächle ihn an, während ich das Dossier öffne, in dem ich sofort auf ein Schwarz-Weiß-Foto stoße, das die Boucherie in Saverne mit den in schwarzer Farbe geschmierten Hakenkreuze zeigt und darunter die Buchstaben W. V. H. R.

Erst wird mir warm, dann heiß. Schnell klappe ich das Dossier wieder zu, schnappe nach Luft. Es ist eine reflexhafte Reaktion, die den jungen Archivar aufhorchen und mich argwöhnisch beäugen lässt, sodass ich mich kurz wie ertappt fühle. Dann öffne ich das Dossier erneut und blättere bis zu dem Foto, dem Beweis dafür, dass eine ganz bestimmte Lebenserinnerung meines Großvaters wahr ist. Dass es so gewesen war, obgleich das Foto nur diesen einen kleinen Ausschnitt belegt und nichts weiter. Und trotzdem: Ich werde es wie ein Beweisstück betrachten. Jedes Detail. Die mit Pflastersteinen bedeckte Straße, von der nur ein wenig zu sehen ist. Die Bordsteinkante an manchen Stellen abgewetzt, als hätte jemand mit einem Meißel kleine Stücke herausgeschlagen. Das Trottoir selbst, über das meine Urgroßeltern, meine Großeltern und meine Mutter sicherlich zig Mal gegangen sind. Dann die Wand unterhalb des Schaufensters: zwei schwarze Hakenkreuze. Die Farbe rinnt in Schnüren auf das Trottoir. Im Schaufenster selbst ein riesiges Hakenkreuz, in die Mitte gesetzt. Auch hier rinnt die Farbe herunter. Unter dem Hakenkreuz die Buchstaben W. V. H. R, die in der Erinnerung meines Großvaters eigentlich W.W.H.I.R – *Wir wollen heim ins Reich* – heißen und aus Teer waren. Neben den Buchstaben ein weiteres Hakenkreuz.

Aus den Unterlagen erfahre ich, was ich bereits in den Mémoires meines Großvaters gelesen habe: Dass eine Kollaborateurin nach der Befreiung gemeinsam mit ihrem Mann, der ebenfalls ein Kollaborateur gewesen war, in Deutschland untergetaucht sei, und dass sie, als sie wieder in ihre Heimatstadt zurückkehrte, bei ihrem Bruder unterkam, dem die Boucherie gehörte. Dass die Bevölkerung davon Wind bekam und sich vor dem Geschäft zusammenrottete, weil diese Frau stadtbekannt gewesen war und verantwortlich für Deportationen und politische Festnahmen.

Was ich auch noch erfahre: Dass diese Frau die Ehefrau des besagten A. D. war, den Pépère als Bürgen für sein

Deutschtum benannt hatte. Und ich lese, dass A. D. einer der fanatischsten und gefährlichsten Nationalsozialisten gewesen sei und mehrfach denunziert habe. Nach dem Krieg wurde er in Abwesenheit zu zwanzig Jahren Zwangsarbeit, lebenslanger nationaler Unwürdigkeit sowie zwanzig Jahren Aufenthaltsverbot verurteilt. Sein Vermögen wurde konfisziert.

Ich lege die Akte zu A. D. beiseite, auch Pépères Lebenslauf. Noch zwei Blätter liegen vor mir. Erst lese ich das Datum: 11. Juni 1945, in der Zeit also, als sich mein Großvater noch im Lager Froiland in Norwegen befand und Fremdsprachenkurse genoss. Und dann lese ich eine Menge Vermutungen, von denen ich einige schon kenne: dass Pépère ein glühender Anhänger der nationalsozialistischen Idee und wahrscheinlich schon vor 1939 ein Informant Hitlers gewesen sei, auch wenn es weder Beweise noch Zeugen dafür gebe; dass er einen Mann aus dem Dorf bei der Gestapo denunziert habe, wobei dem angeblich Denunzierten aufgrund seiner Vergangenheit, die ihn selbst als Denunziant ausweise, auch nicht zu trauen sei; dass die Plakate, die Pépère in seinem Dorf angebracht habe, Frankreich auf ekligste Weise beleidigt hätten, und dass jeder, der auch nur einen Funken französischen Patriotismus in sich trage, niemals dazu fähig gewesen wäre, sie zu plakatieren. Festzuhalten sei darüber hinaus, dass seine Tochter Renée, die bereits während der Besatzungszeit als Führerin beim Bund Deutscher Mädel in Erscheinung getreten war, mit sechzehn Jahren Mitglied der NSDAP geworden sei, was man altersmäßig als Rekord verbuchen könne.

Das letzte Blatt vor mir ist eine Kopie von Grand-mis NSDAP-Mitgliedsausweises, eingetreten etwa ein Jahr, bevor mein Großvater ihr den Heiratsantrag auf dem Straßburger Münster machte.

Ich sehe auf, blicke dem jungen Archivar direkt in die Augen. Es scheint, als habe er mich die ganze Zeit beobachtet. Sofort fühle ich mich schuldig und weiche seinem Blick aus. Das Weiß des Tisches, die Stille des Raumes, ich höre mein Blut rauschen, spüre der Geschwindigkeit meines Herzschlags nach. War es etwa das, was meine Grand-mi meinte, als sie sagte, ich würde es sowieso herausbekommen?

Es ist müßig, darüber zu spekulieren. Aber eines steht fest: Es war nicht so, wie in meiner Familie gerne mal in den Raum gestellt wurde, dass Pépère bei der Résistance gewesen ist. Und es spricht viel dafür, dass mein Urgroßvater nichts dagegen gehabt hätte, wenn seine Tochter Renée einen Deutschen geheiratet hätte. Fest steht auch, dass meine Grand-mi von der Gesinnung ihres Vaters gewusst haben muss, sie hat sie offensichtlich geteilt. Und wahrscheinlich ist, dass Grand-papa erst davon erfahren hat, als seinem Schwiegervater nach dem Krieg der Prozess gemacht wurde, er seine bürgerlichen Rechte verlor und sein Dorf nicht mehr verlassen durfte. Aber ab wann war meinem Großvater klargeworden, dass seine eigene Frau bei den Nazis mitgemacht hatte?

Es ist eine tragische Ironie meiner Familiengeschichte, dass mein Großvater sich wegen seiner *persönlichen inneren Haltung als Lothringer* gegen Henni entschied, die Frau, die er angeblich liebte, nur weil sie Deutsche war, um eine

Französin zu heiraten, meine Grand-mi, die zwar die richtige Nationalität besaß, dafür aber die Tochter eines Kollaborateurs und selbst in der NSDAP gewesen war, auch wenn – es ist ein kleiner Trost – das Dossier bei meinem Urgroßvater dünn ist und meine Grand-mi zu diesem Zeitpunkt minderjährig war.

Es ist ebenso tragisch, dass mein Großvater sich trotz allem von meiner Mutter wünschte, sich gegen die Liebe zu entscheiden und keinen Deutschen zu heiraten.

61

VIELLEICHT

Vielleicht übergab mir Grand-mi die geheimen Dokumente in der Hoffnung, ich würde mich mit den darin erhobenen vagen Anschuldigungen begnügen und nicht weiter nachforschen. Vielleicht wollte sie aber auch, dass ich tiefer grabe, damit am Ende alles herauskommt.

Vielleicht.

Und vielleicht übergab mir meine Mutter all die Briefe an Henni und an Cordary, weil ich in ihren Augen ihr persönliches, französisches Familienarchiv bin, wo all die Dokumente, für die sie selbst keine Verwendung findet, aufgehoben sind. Vielleicht war das auch der Grund, weshalb sie mich meine gesamte Kindheit über immer wieder mit Geschichten aus ihrer Kindheit fütterte, die sie, soweit ich weiß, nur mir und nicht meinen Geschwistern erzählte. Vielleicht spuken deshalb seit Jahrzehnten einzelne Sätze in meinem Kopf herum, die ich nie zuordnen konnte und es oft auch gar nicht versuchte, weil meiner Mutter in Sachen Familiengeschichten genauso wenig zu vertrauen war wie meiner Grand-mi, und weil es oft Widersprüchliches gab, Sätze wie diese zum Beispiel: *Pépère war in der Résistance gewesen. Könnte aber auch sein, dass er Juden transportiert hat. Er war Lokführer.*

Die meisten Frauen in meiner Familie haben sich schon immer die Welt so zurechtgelegt, wie es für sie passte (ein Vorwurf, der eigentlich meinem Großvater gemacht wurde), um dem Drama den Vorzug zu geben oder schlicht, um Aufmerksamkeit zu erlangen. Vielleicht, weil sie nie genug davon bekommen haben. Vielleicht, weil das die einzige Möglichkeit war, auch einmal Aufsehen zu erregen. Vielleicht aber auch, weil sie die besseren Geschichtenerzähler sind und gelernt haben, das zu sagen, was gut klingt. Ich nehme mich da nicht aus. Ich bin eine unzuverlässige Erzählerin. In jeglicher Hinsicht. Wobei ich glaube, dass es sowieso nur unzuverlässige Erzähler gibt. Nur geben es nicht alle zu.

Meine Mutter glaubt, was sie sagt. Sie vertraut ihren familiären Erinnerungen, nicht aber denen der anderen. Sie ist fest davon überzeugt, dass in den Mémoires meines Großvaters nicht viel Wahres geschrieben steht. Ich glaube das nicht. Ich habe keine Beweise dafür, auch wenn ich einiges von dem, was er in seinen Lebenserinnerungen festgehalten hat, überprüfen konnte. Denn es reihen sich mehr Daten in seinen Mémoires aneinander als Einblicke in seinen Alltag oder in die Welt seiner Empfindungen. Wenn er also Unwahres hätte aufschreiben wollen, bewusst oder unbewusst, hätte er überwiegend die Daten manipulieren müssen – nur zu welchem Zweck? Das hätte nicht viel an dem geändert, was er Persönliches über sich verriet, nämlich so gut wie nichts.

Zu Beginn hatte ich seine Mémoires mit großer Skepsis gelesen. Ich war so oft von meiner Mutter und meiner Grand-mi auf seine Unwahrheiten hingewiesen worden, dass ich seinen Zeilen mit argwöhnischer Distanz begegnet bin. Doch mit der Zeit war es gerade seine Nüchternheit den Ereignissen gegenüber, denen ich mehr Glauben schenkte als den Erzählungen, die über ihn kursierten.

Als ich dann die Briefe an Henni und an Cordary las und in ihnen zum ersten Mal das vorfand, was ich mir von den Mémoires erhofft hatte, nämlich Einsichten in den Alltag, Emotionen, auch Pathos, fing ich an, nach Unstimmigkeiten zu suchen, um meinem Großvater auf die Schliche zu kommen. Um zu beweisen (wem eigentlich?), dass meine Mutter und meine Grand-mi recht damit haben, dass er nicht nur ein unnahbarer Vater und Ehemann gewesen war, sondern auch ein Lügner. Doch die wenigen Unstimmigkeiten, die ich fand, waren keine Lügen. Es waren noch nicht einmal stark veränderte oder verklärte Erinnerungen. Es waren Aussparungen, die mein Großvater vielleicht gar nicht mit Absicht ausgespart hatte, sondern an die er sich zu dem Zeitpunkt, zu dem er seine Mémoires verfasste, nicht mehr erinnern konnte oder wollte.

Umso erschütternder war für mich der Umstand, dass die einzigen Unstimmigkeiten, denen ich im Laufe der Zeit begegnete und die wirklich von Bedeutung waren, mit meiner Grand-mi und mit Pépère in Verbindung standen.

Zeit ihres Lebens hatte meine Grand-mi viel von sich erzählt, vom Krieg, vom Leid der Elsässer unter deutscher Besatzung. Ich hatte ihr zugehört und all ihre Geschichten aufgesaugt, die es mir erträglich machten, wieso mein Großvater Probleme mit meinem Vater hatte, mit dessen Nationalität – und damit auch mit mir. Ihre Erzählungen versöhnten mich zwar nicht. Aber sie trugen dazu bei, das

Verhalten meines Großvaters nachvollziehen zu können, auch wenn es nicht fair war. Außerdem war meine Grandmi bekannt für ihr gutes Gedächtnis. Es tat gut, ihren Geschichten Glauben schenken zu können, wenn ich schon den Familiengeschichten meiner Mutter misstraute, nicht immer, aber oft.

»Müttern kann man nicht trauen«, sagt meine Mutter, »das solltest du eigentlich wissen. Trotzdem habe ich nie behauptet, dass mein Vater gelogen hat. Das nicht. Aber geschwiegen hat er. Das solltest du unbedingt ändern.«

62

DAS MÄDCHEN UND DAS HUHN

In der Nacht nach meinem Archivbesuch träume ich. Eigentlich ist es mehr eine Erinnerung an eine Szene aus meiner Kindheit. Lange habe ich nicht mehr daran gedacht. Aber jetzt, da ich weiß, was ich weiß, dringt sie an die Oberfläche und verschafft mir auf abstrakte Weise ein versöhnliches Gefühl.

Ich bin in meinem Kinderzimmer, meine Mutter sitzt an meinem Bett und erzählt mir jene Gute-Nacht-Geschichte, die ich als kleines Mädchen im Gegensatz zu den anderen von ihr erzählten liebte. Wahrscheinlich, weil sie aus zweien bestand und die Geschichte in der Geschichte etwas Magisches hatte.

Jeden Sonntag um neun Uhr morgens ging mein Großvater in die Wälder von Trois-Épis. Für zwei Stunden. Das war sein Ritual. Immer, wenn er den braunen Hut vom Haken im Flur nahm und ihn aufsetzte, wusste meine Mutter, dass sie ihn begleiten sollte. Dann war es Zeit für die *promenade productive*, wie mein Großvater die Spaziergänge mit meiner Mutter nannte.

Kaum waren sie zwischen den Fichten, sagte er schon den ersten Satz, an den meine Mutter einen zweiten anzuhängen hatte, dann er den dritten, sie den vierten und so weiter, bis daraus eine Erzählung erwuchs, die sie später auf der Heidelbeerlichtung beendeten. Mein Großvater war die ganze Zeit über sehr ernst und streng. Schließlich sollte meine Mutter etwas lernen, das *passé composé* vor allem, das so viele seiner Schülerinnen und Schüler falsch anwandten, was ihn, den Lehrer, schrecklich ärgerte. Es war doch wichtig, die Grammatik der eigenen Sprache zu beherrschen, und zwar fehlerfrei!

Den ersten Satz gab stets mein Großvater vor. Dafür war meine Mutter diejenige, die den letzten Satz sagte. Mein Großvater ließ es zu. Es gefiel ihm, dass sie etwas zu Ende brachte, was er begonnen hatte.

Meine Lieblingsgeschichte handelte von einer Bauerntochter, die als Einzige den guten Fuchs gesehen hatte, der dem Bauern immer wieder die Hühner zurückbrachte, wenn sie ausgebüxt waren. Der Bauer war sich sicher, so ein Fuchs auf seinem Hof wäre Gold wert, den müsse er haben und halten wie einen Hund. Niemand würde mehr sagen, er habe sein Vieh nicht unter Kontrolle. Also gab er seiner Tochter die Aufgabe, den Fuchs herbeizuschaffen. Die Tochter, ein schmächtiges Mädchen, das in den Augen des strengen Vaters sonst zu nichts zu gebrauchen war, machte sich sofort auf die Suche. Tagein, tagaus durchkämmte es den nahe gelegenen Wald, ohne Erfolg. Es dauerte fast ein Jahr, da endlich sah es den Fuchs. Er saß an einer Felskante. Über ihm schien der rötlich schimmernde Mond, während unten im Tal die Lichter in den Häusern funkelten wie die Sterne, die am Himmel fehlten. Das Mädchen schlich sich an den Fuchs heran, wollte ihn mit einem

Seil einfangen, das es zu einer Schlinge geknotet hatte. Da hörte es den Fuchs sagen: »Setz dich doch lieber zu mir.« Das Mädchen zögerte, doch weil ihm nichts Besseres einfiel und die Stimme des Tieres freundlich klang, nahm es die Einladung an. Zu Beginn redeten sie nicht, sondern blickten nur gemeinsam übers Tal, in dem nach und nach die Lichter ausgingen, sodass die Dunkelheit der Nacht den Mond noch rötlicher leuchten ließ als zuvor.

»Warum wolltest du mich fangen?«, fragte der Fuchs nach einer Weile.

»Ich will dich immer noch fangen«, antwortete das Mädchen. »Der Vater will dich an die Leine binden, damit du unsere Hühner beschützt.«

»Vor wem soll ich sie denn beschützen, vor dem ich sie bislang nicht beschützt habe?«, wollte der Fuchs wissen. »Habe ich sie euch nicht getreu wiedergebracht, wenn sie das Weite suchten?«

Das Mädchen nickte und überlegte. Schließlich sagte es: »Du könntest darauf achten, dass der Fuchs sie nicht holt.«

»Aber ich bin doch der Fuchs«, entgegnete der Fuchs. »Was du brauchst, ist ein Hund, der kann das richten.«

»Aber der Vater will keinen Hund, er will, dass ich dich zu ihm bringe.«

»Nun«, sagte da der Fuchs. »Das tut mir leid, aber ich bin ein Tier des Waldes, keines für die Leine.« Er deutete mit der Schnauze auf den Strick, den das Mädchen nach wie vor in den Händen hielt, und sprang davon.

Das Mädchen konnte sein Unglück kaum fassen. Es weinte bitterlich. Wie sollte es nun heimkehren zum strengen Vater, ohne seine Aufgabe erfüllt zu haben?

Da hörte es ein Rascheln. Es sah sich um. Im Gebüsch der Heidelbeeren entdeckte es ein prächtiges Huhn. Es scharrte mit den Füßen und pickte in der Erde.

Sofort wusste das Mädchen, was zu tun war. Es nahm das Huhn, klemmte es sich unter den Arm und ging mit ihm fröhlich nach Hause.

63

WURZELN

Ich bin in Hottviller. Ich möchte die Kirche sehen, in der der kleine Toto immer sonntags mit seinen Eltern gewesen ist. Sie ist verschlossen. Ich schaue die steile Treppe hinab, die E. H. genommen haben muss, bevor sie sich beinahe am rostigen Nagel stach, der Anatole einen Platten beschert hatte.

Ich gehe an den Gräbern vorbei. Glänzende Steinplatten wechseln sich mit Kreuzen ab. Viele der Toten hier sind mit mir verwandt. Sie tragen den Nachnamen meines Großvaters oder den Mädchennamen meiner Urgroßmutter Gersande. Überhaupt gibt es kaum einen Namen auf den Gräbern, der mir nicht vertraut ist. Selbst die, die nichts mit meinem Großvater zu tun haben, kenne ich. Es sind die Namen seiner Klassenkameraden und seiner Freunde, mit denen er am Schwalbbach gespielt hatte oder mit dem Schlitten zur Schule gefahren war. Meine Urgroßeltern Gersande und Joseph finde ich nicht. Ihre Gräber sind schon längst aufgelöst worden.

In der Ortsmitte gibt es ein Restaurant. Ein paar Stühle aus Plastik stehen unter einer Markise. Zwei Männer sitzen darunter, trinken Rotwein oder Cola, schauen zu mir herüber. Der Ort scheint nur wenige Besucher zu kennen.

Ich falle auf. Ich spüre es an den Blicken, die weniger neugierig als misstrauisch sind, vor allem, als ich vor dem Denkmal gegenüber dem Restaurant die Namen der Deportierten, der Verschwundenen und der beiden Opfer von Oradour-sur-Glane studiere.

Später fahre ich an einer Schule vorbei, auf die mein Großvater wohl gegangen ist, dann komme ich zur Kleinmühle. Ich halte an, parke das Auto an der Seite der Straße, halb in der Wiese, steige aus. Ich lege meine Hand auf das alte Gemäuer, die raue Holztür, schaue durch das Fenster in das Innere des Gebäudes, das die Natur allmählich erobert, Ritzengrün.

Gegenüber der Kleinmühle, etwa zwanzig Meter Luftlinie entfernt, steht ein Haus. Ein Neubau. Mitten in der Kurve, die von Kapellenhof nach Hottviller führt, mitten in diesem ländlichen Nirgendwo also, ohne Nachbarn, ohne erkennbaren Sinn, als sei es vom Himmel gefallen und zufällig dort gelandet. Eine Frau tritt aus der Tür, fragt mich, was ich hier suche. Den Schwalbbach, antworte ich, und dass ich sehen möchte, wo mein Großvater Jagd auf Frösche gemacht und Soldat gespielt hat.

Sie sieht mich skeptisch an, kehrt wortlos ins Haus zurück, kommt aber umgehend wieder zurück, einen Stift und einen kleinen Block in der Hand. Sie notiert sich mein Autokennzeichen, während ich im Gras stehe und mir dieser absurde Moment eine seltsame innere Freude beschert. Es ist, als würden die Worte meines Großvaters, mit denen er die Lothringer charakterisiert hatte, *durs et rudes,* zum Leben erweckt werden.

Jetzt schaut die Frau auf, »derrière« ruft sie und zeigt hinter die Kleinmühle, in Richtung Wald, wo ich endlich den Schwalbbach finde, schwer zugänglich, überall Gestrüpp. Trotzdem kühle ich an einer Stelle meine Füße im Wasser und denke an den kleinen Jungen mit den blonden Haaren und der *casquette* auf dem Kopf, wie er einen Stein nach dem anderen aufhebt, um damit eine der vorbeischwimmenden Regenbogenforellen zu treffen, die die deutsch-französische Grenze mühelos passieren.

Ich fahre weiter, die Anhöhe hinauf, bis ich das Ortsschild Kapellenhof sehe. Über mir ein tiefblauer Himmel, von Stromleitungen durchzogen, ein leichter Wind weht. Ich rieche den Wald, höre, wie einst meine Großeltern, die Insekten summen, Idylle.

Ich gehe die Rue de Petit Réderching entlang, vorbei an den ersten einfachen Häusern, auch an dem Geburtshaus meines Großvaters, das am Ortsanfang steht. Ich will es mir für später aufheben, erst einmal die Atmosphäre des Weilers aufsaugen und mir einen Überblick verschaffen. Ich spare mir das Beste für den Schluss auf. Wie eine Belohnung, die ich mir erst verdienen muss.

Kein Mensch ist zu sehen, keine Stimme zu hören, wie ausgestorben. Nur eine struppige Katze, steingrau und alt, hebt den Kopf.

Ich durchquere den Weiler, der in seiner dämmerigen Stille und Einfachheit wie losgelöst zu sein scheint von der Gegenwart. Es gibt keine Hinweise auf eine konkrete Zeit. Am Wegrand parkt kein Auto, das für das ungefähre Jahr, in dem wir leben, stehen würde, auch kein E-Bike befindet sich in den Einfahrten, keine Photovoltaikanlage auf den

Dächern reflektiert die Sonne, kein Funkmast ragt in die Höhe. Die einzige Bushaltestelle sieht aus, als habe hier schon lange kein Bus mehr gehalten. Stillstand. Die meisten Vorhänge an den Fenstern sind zugezogen, auch viele Rollläden sind heruntergelassen, obwohl die Häuser bewohnt zu sein scheinen, gibt es doch immer wieder farbenfrohe, nicht verdorrte Petunien in den Blumenkästen davor.

Es kommt mir vor, als bewegte ich mich in einer Zeit, die zehn, vielleicht sogar zwanzig Jahre zurückliegt, um von dort aus eine noch weiter zurückliegende Zeit zu erkunden.

Ich gehe, bis ich das letzte Gebäude hinter mir gelassen habe und zwischen Blumenwiese und Weide stehe. Rechter Hand grasen ein paar Rinder. Die Landschaft ist hügelig und friedlich. Ein Flirren liegt in der Luft. Einsame Weite.

Ich drehe den Kopf weg von den schwarz-weißen Kühen in Richtung Süden, dort zweigt ein Weg ab. Ein Kalb steht allein auf einer kleinen Anhöhe, reibt sich das Fell an einer Kasematte der Infanterie von 1932. Vierzehn Jahre alt war der Großvater, als er dabei zugesehen haben muss, wie dieser Betonbunker an der Maginotlinie gebaut wurde. Er fügt sich mit seinen aus der Wiese herauslugenden Rundungen in die hügelige Weidelandschaft ein, als gehöre er schon immer hierher, als sei er nur für die Rinder gebaut worden, damit sie dort Rast machen oder an ihm schlecken können wie an einem übergroßen Salzstein. Wenn ich weiterginge, würde ich noch mehr von dem teils mehrstöckig in der Erde verbauten Verteidigungssystem sehen, das vergebens errichtet worden war, weil die deutschen Truppen es umgingen. Doch ich gehe nicht weiter, drehe lieber um, während ich mich frage, wie viele Soldaten und wie viele

Zivilisten wohl auf diesen Wiesen und Äckern gestorben sind, wo jetzt die Kornblumen das satte Grün durchpunkten.

Auf dem Weg zurück bleibe ich schließlich vor dem Geburtshaus meines Großvaters stehen. Ich schaue zum Garten hin, der etwa eineinhalb Meter über der Straße liegt und von einem Mauervorsprung und einem Jägerzaun abgegrenzt wird, sodass er schlecht einzusehen ist. Das Kruzifix, das für meinen Großvater aufgestellt worden war, thront über einer Mariengrotte und steht im Gras. Es sticht mir sofort ins Auge. Schon allein wegen Marias leuchtend blauem Gewand. Vor ihr also hatte meine Urgroßmutter Gersande jeden Morgen vor dem Kühemelken gekniet und den kleinen Jesus gestreichelt, als sei er ihr eigener Sohn.

Eine sehr alte Frau öffnet eines der Fenster, schaut heraus und sieht mich fragend an. »Voulez-vous acheter des mirabelles?«

Ja, sage ich und erkläre, die Enkelin jenes Mannes zu sein, der in diesem Haus vor mehr als hundert Jahren geboren worden war. Sie legt den Kopf schief, beäugt mich wie ein Rabe, dann antwortet sie, dass ich ein paar Jahre zu spät käme, sollte ich hier sein, um mehr über ihn erfahren zu wollen. Ihr Mann habe ihn gekannt, schon bevor er ihm das Grundstück abgekauft habe. Nachbarn seien sie zu der Zeit gewesen, als sie noch Holzstöcke in Misthaufen warfen, um zu sehen, welcher aufrecht stecken blieb und welcher nicht. Gewonnen habe immer mein Großvater, ein Gewinner sei der gewesen, einer, der es geschafft habe, von ganz unten nach oben zu kommen. Ihr Mann liege jetzt im Garten vor dem Kreuz, das ich bis eben betrachtet habe. Ansonsten könne sie mir nicht viel mehr berichten. Nur vielleicht noch das: Obwohl das Haus sehr heruntergekommen gewesen sei, habe ihr Mann es unbedingt erstehen wollen. Er habe nämlich aufgesehen zu meinem Großvater, *le professeur*, wie er ihn stets genannt habe, das habe ihm den Blick für die wahre Sicht der Dinge vernebelt. Und würden es ihre Beine noch mitmachen, dann würde sie mit mir auf den Dachboden steigen. Denn dort, in den Balken im Speicher, steckten die Krücken meines Urgroßvaters. Ihr Mann habe damals gesagt, nachdem er sie gefunden habe: Wenn diese Dinger dem Einbeinigen Joseph dazu verholfen haben, aufrecht zu gehen, dann würden sie auch das morsche Holz des Dachstuhls stützen – und das hätten sie bis heute auch getan.

Die alte Frau öffnet die Tür des ehemaligen Stalls, ein hoher, dunkler Raum voll mit alten Geräten, Sensen, Mistgabeln, Holz, dicken Seilen, hier und da ein wenig Stroh. Der Duft von feuchtem Holz und gärendem Steinobst steigt in meine Nase. Und da, in der Mitte, in einer hölzernen Schubkarre, leuchten die Mirabellen wie die untergehende Sonne, die ich ein paar Tage zuvor noch auf dem Rückweg vom Mémorial Alsace-Moselle in Schirmeck bestaunt habe.

Die alte Frau hält mir eine Spitztüte mit den Früchten hin. Ich nehme sie ihr ab, gebe ihr die drei Euro dafür, die sie von mir verlangt. Die Mirabellen sind mit rosafarbenen Sprenkeln durchzogen. Ich nehme eine heraus, beiße hinein, schließe die Augen, der Geschmack weckt Erinnerungen an die Rue de Katzenthal, an in Wasser aufgelöste

Marmelade, an dunkle Wolken und daran, wie mein Großvater sich für mich nach den Früchten gestreckt hat.

»Sie können sie auch hinter dem Haus essen«, sagt die alte Frau auf Französisch. »Auf der Bank dort.«

Ich nicke, bin dankbar für die Einladung und folge ihr durch den Keller, in dem früher die Kühe und die Ziegen untergekommen waren, »der Futtertrog ist noch original«, über eine steile Holztreppe, »war alles morsch«, ins Haus, »haben fast alles neu machen müssen«, wo uns eine weitere Treppe nach draußen führt in den Garten, mit Blick auf das Nebenhäuschen, »aber die sind geblieben«, ihr Finger ein Pfeil auf eine Streuobstwiese voller Mirabellenbäume. Kurz drehe ich mich um, schaue die Hauswand hoch bis zu dem kleinen Fenster, das die Kammer meines Großvaters gewesen sein muss. Von dort aus also hatte er einen Blick auf die Bäume und das Nebenhäuschen.

Die alte Frau deutet nun auf eine Holzbank, bittet mich, dort Platz zu nehmen. Vom Nebenhäuschen nähert sich uns die steingraue Katze, die ich zuvor auf der Straße gesehen habe. Sie springt auf die Bank, rollt sich neben mir zusammen.

»Ich weiß, wie er ausgesehen hat, Ihr Großvater«, sagt die alte Frau und setzt sich nun ebenfalls hin.

»Ja?«, frage ich. »Sagten Sie nicht, Sie hätten ihn nicht gekannt.«

Sie lässt sich Zeit mit der Antwort. Dann: »Es gibt ein Foto von ihm und seinen Eltern. Genau von hier.« Sie zeigt zwischen zwei Mirabellenbäume, die weiter hinten stehen, dort, wo die Felder beginnen. »Es lag in einer Schublade. Sie haben ja alles dagelassen. Nichts mitgenommen. Wir mussten alles entsorgen. Es war schlimm. Aber mein Mann wollte es so.« Sie seufzt und legt ihre Hand auf der Katze ab, die bei der Berührung kurz zusammenzuckt, sich dann aber wieder entspannt. »Ich habe das Foto immer noch. Nur weiß ich nicht, wo.«

Ich schaue wieder zu den Mirabellenbäumen. Kleine, unauffällige Bäume, die, obwohl sie in Reihe gepflanzt worden waren, ein Bild des Zufalls abgeben.

»Ich kann nicht sagen, dass Sie ihm nicht ähnlich sehen«, sagt die alte Frau, und für einen Moment muss ich überlegen, ob sie mit der doppelten Verneinung meint, ich gleiche ihm oder eben nicht. »Aber sicher bin ich mir nicht«, fährt sie fort. »Es ist lange her. Und meine Erinnerung …«

Ich hole die Mémoires aus meinem Rucksack, die ich extra mitgenommen habe.

»Was ist das?«

»Die Lebenserinnerungen meines Großvaters. Er hat sie mir hinterlassen.«

»Pfft.« Die alte Frau lässt Luft durch ihre Lippen. Es klingt nicht abfällig, dafür nach viel Erfahrung.

Ich blättere auf die Seite mit dem Schwarz-Weiß-Porträt, zeige es ihr. »Hat er auf dem Foto so ausgesehen?«

Sie nimmt das blaue Buch zur Hand, hebt es vor ihr Gesicht, schaut sich den jungen Mann genauer an. Dann schüttelt sie den Kopf und gibt mir die Mémoires zurück. »Vielleicht. Ich weiß es nicht.«

Ich schlage die letzte Seite auf, tippe nun auf die Farbfotografie, die den Abschluss seiner Lebenserinnerungen bildet. Sie zeigt meinen Großvater als etwa Dreiundsiebzigjährigen auf neun mal dreizehn Premiumpapierqualität, glänzend. Er lächelt in die Kamera, flirtet mit dem Objektiv, blickt direkt in die Linse, wirkt zufrieden. Auf all den wenigen Bildern, die es von ihm gibt, schaut er stets scheu und ernst aus. Nie ausgelassen oder frei. Selbst auf dem Foto in französischer Uniform, das nach dem Krieg von ihm aufgenommen wurde, wirkt er nicht wirklich gelöst. Doch auf diesem Foto ist es anders. Obwohl sein Hemd bis oben hin zugeknöpft ist, obwohl er die Arme vor der Brust verschränkt hält, wirkt er nahbar. Die Augen gutmütig, trotz des grellen Blitzes, der sich in seiner Drahtbrille mit dem doppelten Steg über der Nase spiegelt. Seine Stirn ist hoch, wie meine, sein Haar ist weiß, seine Haut rosig, als wäre er gerade viele Treppenstufen hochgestiegen. Sein Gesicht ist nicht mehr oval wie sein Gesicht am Anfang der Mémoires. Es ist kantig und doch nicht hart. Ein schöner Mann, auch im Alter. Er strahlt Gediegenheit aus und Bildung. Letzteres wird davon unterstrichen, dass das Foto vor dem Bücherregal meiner Eltern aufgenommen ist. Natürlich steht Grand-papa nicht auf der Seite mit den deutschen Büchern, sondern auf der mit den französischen, und ich zweifle keine Sekunde daran, dass er diesen Platz bewusst gewählt hat, während mein Vater, der Fotograf in unserer Familie, oder *der Feind*, wie mein Großvater ihn bezeichnet hatte, auf den Auslöser drückte.

»Die Ohren«, sagt die alte Frau. »An die erinnere ich mich. Was hatte er für schöne Ohren!«

Ich nehme das blaue Buch wieder an mich und schlage es zu. Dann spucke ich einen der Mirabellenkerne in meine Hand. Die alte Frau sagt, ich könne ihn ruhig auf die Bank legen und ihn später wegwerfen. Doch ich stecke ihn in meine Hosentasche, und auch den nächsten und übernächsten, wie damals, als ich im Garten der Rue de Katzenthal gestanden und zum ersten Mal unter Aufsicht meines Großvaters eine Mirabelle nach der anderen gekostet hatte. Doch dieses Mal, das weiß ich, werden die Kerne den Weg in die Erde finden.

64

BAUMLEBEN

Der Treppenaufgang im Haus meiner Eltern ist aufgeräumt und geputzt worden. Die bodentiefen Fenster sind blitzblank, fast sieht es aus, als gäbe es kein Glas, das das Drinnen vom Draußen trennt. Es kommt mir vor, als schwebe ich über dem Garten, als könnte ich mit wenigen Schritten direkt auf den Tulpenbaum klettern, dessen Blätter schon zum Teil goldgelb verfärbt sind. Ein Hausrotschwanz, der sich noch nicht auf den Weg in den Süden gemacht hat, sitzt auf einem der oberen Äste und rührt sich nicht. Davor, immer noch gut sichtbar, die Stelle, an der einmal der Teich gewesen ist. Ich greife in meine Hosentasche, berühre die Mirabellenkerne, weiß nun, wo ich sie einpflanzen werde, morgen früh, wenn alle noch schlafen.

Dann trete ich ein, zwei Schritte von den Scheiben zurück, hole mir den Blick in den Garten als fotorealistisches, großformatiges Gemälde ins Innere. Der Raum lebt auf. Er atmet. Und er lädt mich zum ersten Mal zum Verweilen ein, auch wegen des kleinen, runden Kaffeetischs und der zwei dazu passenden Stühle, die meine Eltern extra aus Colmar mitgebracht haben, um sich im Treppenaufgang ein französisches Eck einzurichten, wie sie sagen.

Ich nehme Platz, lasse diesen alten, neuen Ort auf mich wirken. All das Selbstgetöpferte, das sich bis vor Kurzem noch am Boden und in den Ecken gestapelt hat, steht nun in Reih und Glied auf den schlanken, hölzernen Simsen. Auch ein paar der besonders schönen Steine und Muscheln befinden sich dort. Doch nicht alles ist geblieben, was sich vor ein paar Monaten noch in diesem Zwischengeschoss befunden hat. Meine Mutter hat aussortiert. Und den Wintergarten zum Wintergarten gemacht. Seither gibt es Blumenbänke mit bunten Keramiktöpfen in unterschiedlichen Größen, die Drachenbaum, Bergpalme, Bogenhanf, Friedenslilie und Philodendron beheimaten. Zwischen Bogenhanf und Friedenslilie entdecke ich Grand-papas Urne. Sie schmiegt sich unauffällig zwischen die Pflanzen, wurde offensichtlich zu einer Vase umfunktioniert. Ein paar halbwelke Nelken lassen ihre Köpfe über den bordeauxroten Rand der Urne hängen.

Die Glastür geht auf. Meine Tochter strahlt mich an. In der Hand hält sie einen frischen Strauß Herbstdisteln. Sie kommt auf mich zu. Meine Mutter ihr hinterher. Sie nimmt die Nelken aus der Urne, schüttet das alte Wasser in den Topf mit dem Bogenhanf, zeigt meiner Tochter, wo sie jetzt die blauen Disteln hineinstellen kann. Dann hebt sie die Gießkanne an, füllt die Urne mit klarem Wasser.

Ich sehe meine Mutter an, und sie sieht mich an. Ich stelle ihr meine Frage mit den Augen. Sie hebt die Schultern. »Es hilft ja nicht«, sagt sie. »Wegwerfen geht nicht, und so ist sie wenigstens zu etwas gut.«

REMERCIEMENTS

Tous mes remerciements vont à ma grand-mère pour son courage, à ma mère pour avoir épousé, malgré tout, mon père. Je remercie surtout mon mari qui a plongé avec moi des heures durant dans cette histoire familiale. Je remercie également mon agent littéraire Petra Eggers pour son soutien. Un grand merci à Claudia Vidoni, ma lectrice attitrée; heureusement, grâce à elle, ce roman a pris la forme qu'il a. Et finalement merci à ma maison d'édition et tous ceux qui ont contribué à la parution de ce livre.

S. 5: Zitiert nach meinem Großvater, ohne Quellenangabe.
Aus dem Französischen von Natalie Buchholz.
S. 125: Julien Green, *Memories of Happy Days,* Harper & Brothers,
New York, 1942; zitiert nach: *Erinnerungen an glückliche Tage*,
Carl Hanser Verlag 2008. Aus dem Französischen von Elisabeth Edl, S. 5–6.
Zu Oradour-sur-Glane vgl. auch: Andrea Erkenbrecher:
Oradour und die Deutschen. Geschichtsrevisionismus, strafrechtliche Verfolgung, Entschädigungszahlungen und Versöhnungsgesten ab 1949, 2023 Walter de Gruyter GmbH, Berlin/Boston.